Chapitre 1
....: KASSAY, KASSAY REVEILLES TOI C'EST L'HEURE DE LA PRIÈRE

Moi: mmmmm aygu'ka Aÿ baba aygu'toun (j'arrive père je vais me réveiller)

Lui: je vais à la mosquée, si je reviens et que tu dors toujours tu sais ce qui t'attend

Moi: mmmm ouuais

Je vais juste dormir une minute et me réveiller. Erreur. Ne jamais se dire je vais dormir juste une minute. Vous n'allez pas vous réveiller.

J'étais dans mon sommeil quand je sens de l'eau froide venir à la rencontre de mon visage. Mon père venait de m'asperger le visage. Je me suis rapidement redressée.

Moi: AY TOUN (Je me suis réveillée)

Mon père: imbécile je t'avais prévenu

Là j'étais obligée de me réveillé. J'ai accompli ma prière et je suis allée réchauffer le dîner de la veille pour mon père et lui faire de l'eau chaude pour son café.

Moi: papa j'ai fini tout est près

Lui: d'accord j'arrive

Je suis retourné à mon lit mais c'est sans compter sur mon père qui est revenu me réveillé

Lui: samo(imbécile) je t'ai toujours dit qu'on ne dort pas après tu dois rester éveillée jusqu'au levé du soleil.

Moi: mais j'ai prié, je t'ai preparé ton petit déjeuner   laisses moi dormir

Lui: aaaaah tu veux une autre tasse d'eau froide

Moi: c'est bon

J'ai dû me lever de mon lit pour aller au salon où j'avais trouvé mon frère Hamza à moitié endormi, une autre victime de mon père, et ma mère sur son tapis. Mon père s'est assis a tiré la table basse sur laquelle était posé son petit déjeuner pour manger. J'ai jamais compris dans notre société pourquoi on a une salle à manger dans notre maison avec une table à manger et tout mais on mange dans le salon. La table à manger c'est une sorte de décoration

Je suis partie posé ma tête sur les cuisses de Hamza.

Moi: Hamza, Hamza ba-ka-gua-ni baba koh (tu as vu ce que papa fait n'est ce pas?)

Mon père : ifo nagu'taysseh aygu'kar noh   (il va faire quoi il va me frapper ?)

Ma mère : eeeh Allah laisses les enfants la tranquille. Venez manger avec moi.

Elle avait versé la nourriture dans un plateau mon frère et moi sommes allés manger avec elle. Mon père n'a jamais aimé le petit déjeuner du genre omelette, crêpes ou autre il préfère le dounguandi (réchauffer le dîner de la veille) c'est ce qu'il est habitué à manger au village et il ne veut pas perdre ses habitudes.

Mon frère: un jour ça finira Kassay

Mon père : même quand vous aller vous marier je vais vous chercher chez vous pour que vous ne dormiez pas avant le levé du soleil.

Voilà c'est ça mon quotidien chaque matin.

Chapitre 2

Après que j'ai enfin pu dormir je suis sorti au salon. Les parents étaient partie au boulot. Hamza était la avec son ami Aboubacar

Moi: bonjour Aboubacar

Aboubacar : tête de pioche tu as vu à quoi tu ressembles

Moi: moi je te dis bonjour par politesse et tu réponds pas

Lui: tais toi et vas m'apporter de l'eau

Moi: je vais aller chez ma soeur moi au revoir. Si tu avais été un peu plus poli je t'aurai servi un verre d'eau

Aboubacar : KASSAY KASSAY c'est à moi tu fais ça

J'étais déjà partie. Je suis parti au goudron pour chercher un taxi. Un taxi venait et j'ai tendu ma main pour l'arrêter

Moi: taxi francophonie

Lui: zangou (500fr)

Moi: haaaa Neda no nigua neh zangou (juste ici tu vas dire 500fr)

Lui: toh margué noh nigua teh irmakoy (tu as combien ?)

Moi: weytaki (200)

Lui: ha'an (non)

Moi: toh koy (vas y)

Il est parti non mais sérieux 500fr juste ici de bobiel à la francophonie. Si j'étais pas flemmarde j'allais partir à pieds.

J'étais là à cramer sous le chaud soleil de Niamey quand Aboubacar passe devant moi dans sa voiture climatisée. Il descend la vitre pour me narguer

Aboubacar : haaa au-revoir tête de pioche continue à cramer sous ce soleil *avec un air de foutaise*

Il est parti me laissé comme ça quel enfoiré

Moi: DIEU TE VOIT ABOUBACAR

Il a sorti sa main, m'a fait un doigt d'honneur avant de relevé la vitre. Mais quel enfoiré j'aurai du lui apporté de l'eau en plus il est même pas loin de la francophonie misère. Même s'il l'était il allait quand même me déposer

Finalement j'ai eu un taxi qui m'a amené à 200. Arrivé chez ma soeur je trouve mon beau frère devant la télé entrain de suivre son match

Lui: buuuuuuut non Christiano t'es un vrai

Moi: nooon me dis pas qu'il a marqué

Lui: baah oui c'est le meilleur

Moi: c'est ça oui après Messi je te l'accorde

Lui: tu veux que je te chasse de chez moi?
Moi: essais un peu pour voir
Lui: et puis toi même pas tu salam tu rentres comme ça. On t'as dit ici c'est un marché

Moi: salam aleykoum Boubé

Lui: Aleykoum Salam la sorcière

Moi: pourquoi tout les Aboubacar que je connais me laisse pas tranquille

Lui: parce qu'on aime pas les sorcière

Moi: je ne suis pas une sorcière

Lui: tu portes un nom de sorcière déjà donc pas à nous Kassay

Il a bien insisté sur le Kassay. C'est vrai que Kassay était une sorcière très puissante dans l'histoire des sonrhay. On dit que les Maiga sont les descendants de la grande sorcière Kassay. Je me demande parfois pourquoi mon père m'a nommé comme ça n'empêche j'aime bien mon nom c'est original. C'est propre à mon ethnie tu l'entends tu sais déjà que je suis sonrhay

On était la entrain de discuter sur le classico je crias par la il criait par ci. Moi je suis catalane et lui de Real quand ma soeur est descendu avec ses enfants.

Amira: Tata kinzo (tata su es la)

Elle m'a sauté dessus et c'était au tour de son frère Dady qui m'a aussi sauté dessus.

Moi: comment vous aller

Ils ont commencé leur bisous qui n'en finissent pas. Il m'ont versé plein de bave ya Allah

Ma soeur: maintenant toi tu viens tu ne montes même pas nous voir.

Moi: toi aussi je savais que tu allais descendre passe moi mon bébé

Elle m'a passé ma nièce celle de 4 mois Yousra

Sa soeur Amira et son frère Dady son venu jouer avec elle alors qu'elle était dans mes bras

Boubé: aaah taisez vous je n'entends rien

Zeynab(ma soeur) : mais tu regardes non

Lui: c'est pas possible.

Moi j'étais MDR mon beau frère est un grand fan du football et ma sœur n'a jamais compris pourquoi il était aussi accro à ce sport.

Zeynab: alors Dr Kassay

Moi: mdrrr je n'ai que le doctorat je commence la spécialisation demain

Boubé: bonne chance à ton mentor

Moi: ooh je suis intelligente quand même

Lui: le seul problème t'es une sorcière.

Moi: Zeynab parles à ton mari

Après la visite chez ma sœur j'ai appelé Cherifa mon amie pour lui demandé si elle était là. Elle a répondu par l'affirmatif alors j'ai pris un taxi direction rond point Baré. Une fois chez elle, je suis direct rentré d'habitude les vigiles qui sont devant chez elle arrêtent les gens et commence leurs questions du genre : t'es qui? Tu viens voir qui? (c'est ça quand ton père est un homme politique) Mais moi je suis une habituée. J'ai trouvé sa mère au salon

Moi: Salam Aleykoum tanti

Elle: Aleykoum salam ça va Kassay?

Moi: oui et toi?

Elle: bien et tes parents ?
Moi: ils vont très bien Dieu mrci

Elle: entres! Cherifa est dans sa chambre.

Je suis donc allée à sa chambre, elle était couché sur le lit. Je lui ai sauté dessus

Elle: aaah mahaoukatchia tazo (aaah la folle est la)

Moi: c'est ça oui. Bref tu vas bien toi

Elle: Dieu merci et toi? Ça fait un bail

Moi: Ouui c'était chaud on avait nos thèses de doctorat à préparer

Elle: oui au passage tu as assuré pour ta soutenance

Moi: mercii toi aussi. Et je suis affamée y'a quoi à manger ?

Elle: je m'enfou

Moi: je vais le dire à tanti

Elle: non attends

Trop tard j'étais parti

Moi: tanti tu vois Cherifa koh

Tanti: elle a fait quoi?

Moi: je lui dit j'ai faim, elle me dit qu'elle s'en fou. De crever elle en a rien à faire.

Tanti: La'ila ha illala Cherifa c'est quoi ces manières. Kassay tu veux manger quoi?

Moi : crêpes nutuella

Tanti: vas vite préparer ça

Elle: mais maman

Tanti: je parle, tu parles? (J'adore cette réplique quand on te la sors c'est en mode tu la ferme. Je l'adore mais pas quand ma mère me la sort)

Elle s'est résignée et est partie dans la cuisine.   Alors que moi j'étais partie me coucher dans sa chambre.

Quelques minutes plutard elle revient avec les crêpes et le nutuella accompagné de Halima mon autre meilleure amie

Moi: Mimo *en sautant dans ses bras*

Elle: hoo lâche moi

Moi: tu m'a manqué * en resserrant mon étreinte*

Elle: ouais ouais c'est ça.

On s'est installé pour manger, mais quoi? je suis gentille je leurs ai donné une crêpe pour qu'elle partage, très généreuse en plus. Sauf qu'elles ont fait fit de mes protestations quand elles ont voulu se resservir et se sont resservi au calme

Moi: sinon demain on commence notre spécialisation

Cherifa: ouiii

Moi: vous avez hâte?

Halima: pas moi

Moi: je croyais que t'aimais la médecine

Elle: mes parents ont choisi ça pour moi. Mais ça va c'est moi qui ai choisi la pédiatrie.

Cherifa: c'est pas très cool quand les parents veulent choisir ton métier pour toi

Moi: personnellement je n'ai jamais compris cette logique. Je veux dire c'est ta vie tu as quand même le droit d'en faire ce que tu veux

Cherifa: clairement. Mais remercie Dieu au moins tu as pu faire le choix de ta spécialisation

Elle: ouuii j'aime m'occuper des enfants donc ça va...

Moi: super alors

Cherifa: après on va chez Samira

Moi: ouiii la vieille peau elle me manque.

Cherifa: la vieille peau elle va bientôt se marier

Moi: sérieux?
Cherifa: ouuais Sérieux
Moi: avec qui? Laisse moi devinez son cousin?
Chérifa: exactement

Ne soyez pas choqués qu'elle se marie avec son cousin. Dans les sociétés africaines musulmanes ça se fait. Dans des pays comme le Sénégal, le Niger, le Mali, le Tchad ça se fait bien même. C'est même monnaie courante

Après qu'on ait fini on s'est levé pour partir chez Samira. On est direct rentré dans sa chambre après avoir saluer sa sœur

Samira : vous venez foutre quoi ici

Halima: merci pour l'accueil.

Samira: moi j'ai sommeil donc cassez vous

C'était la chose à ne pas dire. Cherifa a sauté sur elle et s'est assise en califourchon sur son dos

Cherifa : baah on ira nul part

Samira: je vous déteste

Moi: t'inquiète nous on t'aime.

Chapitre 3

<<*Le début*>>

<u>PDV de Dr Insar</u>

Je viens d'arriver à mon bureau ma secrétaire m'informe que les nouveaux internes commencent aujourd'hui et je dois avoir sous ma tutelle une fille la. Je n'ai jamais aimé travailler avec les filles mais à ce que je vois elle est la meilleur de sa promotion sans oublier qu'elle a un son doctorat à 18ans. Certainement qu'on lui a fait sauté des années du fait de son intelligence. Mais ça va ce genre de filles sont moches portent des lunettes et ont le visage rempli de boutons, elle ne cherchera pas à me draguer cette Mlle Seyni.

J'étais dans mon ordinateur tête baissée quand on toque à la porte

Moi: entrez!

...: bonjour Docteur je suis la nouvelle interne

Moi: celle dont je m'occuperai de la formation

Elle: ouiii

Moi: mmmm

Je continuais à parler sans la regarder je dois avouer qu'elle a une belle voix. Espérons que le visage ne soit pas aussi beau

Moi: bon Mlle Seyni vous...

Elle avait fermé mon ordinateur.....ELLE A FAIT QUOI?

J'ai alors levé la tête pour la regarder

Moi: vous...... (j'avais plus les mots)

Misère elle est pas moche elle est même très belle c'est quoi ça. Le pervers qui est en moi est censé résister à ça ou quoi? C'est quoi cette mauvaise blague ?

Elle: quand vous me parlez vous me regardez je ne suis pas n'importe qui je suis Kassay Seyni et pour vous ça sera Dr Seyni et non Mlle ce n'est pas vous qui avez eu mon doctorat pour moi

Attendez pause c'est à moi qu'elle parle? Elle sait a qui elle parle celle là?

Elle: vous avez compris?

Moi: vous savez que je suis le directeur de l'hôpital et que je peux vous renvoyer dans un autres hôpital ?

Elle: vous avez dit que vous serez mon mentor et papa m'a dit que quand un homme dit quelque chose il ne revient pas dessus. Alors ?

Moi: sortez de mon bureau et enlever moi ce que vous avez sur la tête ici est un lieu de travail

Elle: c'est mes cheveux et je les ai attaché je ne vois rien d'extravagant. vous pensez que les noirs ne peuvent pas avoir de longs cheveux ? En plus les touaregs aussi ont les cheveux frisés et non lisses donc faites pas genre. Et vous êtes médecin pas un homme d'affaires regardez les scanners au lieu de plongée votre tête dans un ordinateur

Et c'est comme ça qu'elle a quitté mon bureau Kassay avait elle dit. Kassay elle a un nom original, un beau visage, de long cheveux crépus qui lui vont à ravir, de l'audace et de l'assurance, elle a une belle voix. Pendant qu'elle me parlait j'étais concentrer sur ça poitrine. Bah je reste un homme hein, elle a une de ces poitrine qui va parfaitement bien avec le reste de son corps elle est élancé elle doit avoir un genre de 1m74. Et quand elle s'est retourné j'ai pas pu m'empêcher de la mater faut être sincère elle a gros cul. Parfaitement dessiné tel un as. Un gros cul une grosse poitrine sans etre grosse oui elle est mince, bon pas très mince non plus mais elle n'est pas du tout grosse, quoi que si elle était en surpoid ça aurait parfaitement bien matché avec ses formes. Elle ne portait pas la blouse mais une tenue de bloc

Putain j'ai envie de la mettre dans mon lit mais je dois calmer ma libido. Je ne dois pas faire ça au boulot et comment je suis censé lutter contre ça moi? C'est injuste!! C'est pour ça que je préfère travailler avec les garçons

<u>PDV de Kassay.</u>

Non mais c'est quoi ça c'est à moi qu'il parle sans me regarder et il m'appelle Mlle alors que j'ai mon doctorat thuuuuuuuuuuuss abruti.

Cherifa : qu'est ce qui t'arrive

Moi: c'est pas le médecin la à la pacotille. Il me parle sans me regarder comme si j'étais sa secrétaire

Cherifa : mdrrrrr quel médecin

Moi: Le directeur de l'hôpital non

Elle: Dr Insar

Moi: ouiii thuuuuss

Elle: me dis pas que tu lui as mal parler Kassay

Moi : nooon je l'ai juste remis à sa place.

Elle: nooon mais t'es folle. T'as pas entendu dire qu'il est sévère et il peut te renvoyer dans un autre hôpital.

Moi: aykan bafo (mais moi je m'en fou). Je ne suis pas son égal

Elle: mais tu t'entends parler t'as à peine 19 ans.

Oui j'ai eu mon doctorat à 18ans. Déjà à 12ans j'avais mon bac. On m'a fait sauter beaucoup de classe disant que c'était une perte de temps. J'ai eu le bac en 1ere (je suis rentré dans l'histoire du pays en étant là plus jeune bachelière du pays) et le doctorat m'a pris 6ans. Donc à 18ans j'ai mon doctorat. Je vais vers mes 19ans là.

Moi: je m'en fou quand même.

Cherifa : c'est pas possible.

Quand ça a été l'heure du déjeuner on s'est rendu à la cafétéria. Halima est en pédiatrie et Cherifa et moi en Chirurgie l'autre là c'est un neurochirurgien c'est que je dois être neurochirurgien. Elle Cherifa elle est pour la cardio-chirugie Halima nous a rejoint plutard.

Halima: woooooooh c'est qui ça ?

On a relevé la tête et on a fait face à Dr pacotille

Moi: thuuuuuuusss

Halima: Cherifa rassure moi c'est pas lui qu'elle tchiiipp

Cherifa : c'est avec lui qu'elle va faire sa formation. Le directeur de l'hôpital

Halima: la chance, si je savais j'allais aussi m'orienter en neurologie

Moi: quelle chance tu dis? c'est un insolant.

Halima : insolent ou pas il est beau

Moi: pas du tout il est juste brun sinon il est pas du tout beau

Cherifa : meuf avant tout regardes ses traits du visage... ses lèvres et sa taille et toi aussi tu es brune hein

Moi: nooon je suis noir je suis juste un peu claire. Mais lui il est de la race blanche du pays

Halima: en tout cas il est beau. Avec sa barbe la ses lèvres roses pulpeuse son visage son regard ma doña mia.

Moi: c'est ça oui. Bon tais toi il arrive

Dr pacotille: Mlle Seyni je vous attends dans mon bureau

Moi: c'est docteur

Lui: si vous voulez

Il s'est retourner pour partir

Halima: waaaaaa t'as entendu sa voix

Moi: elle a quoi?

Cherifa : soit sincère sa voix elle gère. Et ses yeux ils sont marron pas noir

Moi: c'est bien

Halima : et son parfum a dansé la salsa avec mon nez

Moi: c'est bien... mais vous me saouler

...: non mais vous n'avez pas entendu que je vous appelais

Moi: vous avez dit dans votre bureau donc c'est pas une urgence

Lui : arrêtez de manger et venez

Moi: papa a dit qu'il faut jamais laisser tomber sa nourriture.

Lui: je vais la tué avec son "papa a dit"

Il a dit ça en partant

Cherifa : putain mdrrrrr celui la alors un vrai nerveux

Halima : et elle alors? Une vrai provocatrice

Moi: c'est pas ma faute s'il est bête.

Après avoir fini de manger j'ai rejoint monsieur dans son bureau

Moi: je suis la monsieur

Lui: monsieur ? Monsieur ? J'ai mon doctorat et je suis professeur et vous m'appelez monsieur

Moi: oooh assikanou boh

Lui: vous avez dit quoi

Moi: j'ai dit donc ça fait pas plaisir quand on a son doctorat et qu'on vous appele pas docteur

Lui : c'est différent je suis pas n'importe quel docteur

Moi: moi aussi figurez vous. D'ailleurs j'ai eu mon doctorat à 18ans. Vous savez que je suis la plus jeune bachelière du Niger

Lui: c'est bien moi je l'ai eu me restait aussi enfin presque 18ans. Il me restait quelques mois avant les dix huit ans

Moi: comment c'est possible

Lui: comment toi t'as fait?

Moi: on m'a sauté des classes

Lui: et bien c'était le même scénario

Moi:.....

J'étais bouche bée j'avais plus de cartouche pour attaquer. Il m'a fait un sourire pour se moquer

Lui: à court de cartouche

Moi: bref vous m'avez appelé pourquoi ?

Lui: aaah voilà ça c'est le scanner de la patiente **** et je voulais... Venez voir de plus près.

Je suis donc aller me placer à ses côtés et vous savez quoi c'est vrai il sent bon. À un moment j'allais touché le scanner sur une partie et lui aussi donc nos doigts se sont frôlé et....et...et...j'ai frisonné.....j'ai frissonné putaaiiin. Il m'a regardé avec un sourire en coin le bâtard il l'a senti. Il doit se dire qu'il me fait de l'effet.

Moi: c'est bizarre de voir un touareg qui sent bon

Lui: qu'est-ce que vous voulez insinuer?

Moi: rien ce n'est un secret pour personne vous sentez pas la rose (désolé les touareg j'adore vous taquiner). Je suis sonrhay et donc je taquine les touareg

Lui: qui vous a dit que je suis touareg

Moi : *rires* vous allez me dire que vous êtes arabe. Haaa dès que vous avez de l'argent et que vous êtes propre vous devenez arabe. Mais seulement vous voyez vous vous appelez Insar ça ne peut être que touareg

Lui: je n'ai jamais nié être touareg. D'ailleurs je suis votre boss selon les règles du cousinage

Moi : c'est ca oui. je me disais bien. D'ailleurs c'est quoi votre nom. Laissez moi devinez c'est un truc moche comme Agali

Lui: on s'appelle pas tous Agali

Moi: alors?

Lui: je m'appelle Kaoucen. Kaoucen Insar.

Kaoucen, Kassay nos deux noms se ressemble pourtant on est complètement à l'opposé. Je suis noir et non lui. Je suis du sahel et lui de Sahara, et un très beau nom. D'ailleurs Agali aussi c'est un beau nom je le disais juste pour le taquiner

Chapitre 4

Aujourd'hui on est dimanche et c'est mon jour de repos. Hamza m'a dit qu'il a invité ses amis ce soir pour un niebs party, j'ai aussi invité Halima et Chérifa. Moi je connaissais pas tout ses amis juste Aboubacar. Alors les garçons s'occupe de la préparation et nous du piments comme à toutes les niebs party quoi.

On était devant la maison à discuter quand Aboubacar débarque avec quelqu'un d'autres j'y ai pas prêté attention je continuais à parler avec Halima

Aboubacar : tête de pioche tu me salue pas.

Moi: *en relevant ma tête pour le regarder* laisse moi to....

Misère il était avec Dr Insar

Moi: monsieur

Lui: Docteur Mlle Seyni vous m'appelez docteur

Moi: baah tant que vous ne m'appellerez pas docteur je vous appellerai monsieur

Aboubacar : attendez vous vous connaissez

Moi: t'es au courant que c'est le directeur de l'hôpital ou je fais ma formation

Lui: oui et y'a combien de docteur à l'hôpital

Kaoucen: c'est moi qui m'occupe de sa formation

Aboubacar : noooon putain j'aimerai pas être à ta place.

Moi: t'es au courant que je t'écoute

Kaoucen: laisse tu sais pas ce que je subi au quotidien

Hamza: laissez ma soeur tranquille

Kaoucen : c'est ta soeur

Hamza: mais oui.

Lui: pourquoi vous vous ressembler pas

Hamza: elle ressemble personne et moi à nôtre mère.

Kaoucen : aaah. Peut être qu'elle est tombé du ciel

Aboubacar: elle a juste été adopté

Les autres: *rigolent*

Ouuuais c'est ça moquez vous

Une fois qu'il se sont installé les causeries ont recommencé. Après je suis rentré à l'intérieur Cherifa ma suivi

Elle: j'arrive pas à y croire Dr Insar ici?

Moi: ouuuai apparemment

Elle: eeeh Allah sans sa blouse il est tellement canon t'as vu comment cette chemise à rayures lui va bien

Je dois avouer qu'elle lui vas très bien elle va avec sa couleur de peau.

Moi: ouaais ouaais

J'ai pris la grande natte que j'ai étalé dehors afin qu'on puisse s'asseoir. Moi j'étais en face de Dr pacotille et vous savez quoi cet imbécile ne s'est pas gêné pour mater ma poitrine.

Kaoucen : eeeuh je pense que vous avez oublier les boissons

Hamza: aaah oui c'est vrai merde

Kaoucen : je peux m'en chargé. Mais je connais pas bien le quartier.

Aboubacar était occupé à draguer à Halima donc il sait même pas ce qui se dit

Hamza: Kassay emmènes le chez les libanais

Moi: maiiis pourquoi moi??

Hamza: ayguine hatine sonda dine Salan (je vais te tabasser tout de suite si tu parles)

Mais c'est quoi ce frère je ne peux même pas parler. N'importe quoi

Je me suis résigné et j'ai suivi Dr pacotille à sa voiture. Il était devant moi donc je pouvais bien mater ces fesses. Il a un de ces fessiers. Devant la voiture je me suis arrêté pour le regarder mais cet idiot n'a pas compris.

Lui: qu'attendez vous

Moi: que vous m'ouvrez la portière

Lui: aaah elle était bonne celle la. Bon maintenant monte

Moi: nooon je suis une lady donc on m'ouvre la portière

Lui: comme tu veux

Et le bâtard a démarré sa voiture pour partir me laisser planter la. Au bout d'un instant il est revenu. Il est descendu et l'a ouvert. Obligé il connaît pas le quartier

Moi: mercii

Et l'imbécile je m'étais même pas bien installée qu'il a claqué la portière haaaa quel impoli

Moi: vous auriez pu me blesser

Lui: je m'enfou

Moi: papa a dit que les hommes....

Lui: ça va avec tes "papa a dit"

Moi: papa a dit qu'on interrompt pa....

Lui: je vais te balancer par la fenêtre si tu la fermes pas

Moi: thuuuuuuuuuuuuuuuurrrrrsssssss

Lui: insolente

Moi: regardez qui dit ça

Lui: que veux tu insinuer par la

Moi: depuis quand avez vous cessez de me vouvoyer je suis pas votre pote hein

Lui: c'est ça oui je fais ce que je veux moi.

Moi: d'ailleurs pourquoi tu mattais ma poitrine tout à l'heure

Lui: la grosse blague tu crois que je vais mater ça j'ai vu mieux

Moi: c'est ça oui ça ne t'a pas empêcher de me mater

Lui: te fais pas de films ma chérie

Moi: arrêtes le moteur et regardes moi!

Lui: nooon

Moi: prouves moi que je me fais des films.

Il s'est alors garé sur le côté sur de lui. Je portais une chemise, à l'intérieur j'avais un débardeur qui me moulais assez, la chemise était déboutonné en haut. Alors j'ai déboutonné le reste de la chemise et je l'ai enlevé. Il ne restait plus que le débardeur. Ensuite j'ai lâché mes cheveux de tel sorte que la touffe se forme.

*PDV de Kaoucen

Merde elle me fait quoi là je vais pas me retenir je le sens.

Moi: tu fais quoi la

Elle: rien

Elle a posé sa main sur ma joue puis la passé sur ma barbe qu'elle caressait. Moi j'étais complètement obnubilé par sa poitrine quand j'ai levé la tête pour la regarder ces lèvre pulpeuses m'ont donné envie de l'embrasser. Ça y'est elle me rend fou. Je me suis approché d'elle pour l'embrasser et elle n'a pas reculé donc pour moi elle était d'accord. Je me suis approché, elle s'est approché le sourire aux lèvres en se mordant la lèvres inférieures. Face à ça même le plus fort des homme succomberait. Juste au moment où nos lèvres se frôlent nos souffles se mélangent elle se retire.

Elle: je me fais vraiment des films *avec un sourire coquin*

C'est quoi cette fille. Elle joue avec moi, elle m'a frustré la.

Moi: tu joues avec le feu Kassay

Elle: nooon je me fais juste des films

Salooope!

Chapitre 5

Moi: c'est vraiment fatiguant d'être médecin

Cherifa: toi t'as eu la bouche pour parler.

Eeeh oui encore une nuit sans dormir le matin j'étais complètement abattu. Je veux juste rentré à la maison et dormir. Je m'étais déjà changé pour rentrer quand je me fais interpeller par Dr pacotille (faudrait peut être que j'arrête avec ce surnom mais non je trouve que ça lui va bien)

Lui: Kassay attends

Docteur qu'est-ce qu'il comprend pas dans c'est Docteur

Moi: ouiii

Lui: tu vas où la?

Moi: chez moi

Lui: quel chez toi?

Moi: la nuit j'étais de garde maintenant je rentre

Lui: noon on a une urgence tu dois rester

Moi: quoi

Lui: tu dois rester. T'es fatigué vas dormir un instant après tu te prépares pour le bloc

Moi: je vais au bloc ?

Lui: ouiii c'est ta première fois tu dois m'assister

Moi: c'est à quelle heure ?

Lui: dans deux heures.

J'étais trop contente enfin je vais au bloc. JE VAIS AU BLOC. Je suis directe allé dormir dans les dortoir. J'ai mis mon réveil pour me réveillé dans 1H. Aaaaah chui trop contente et impatiente je sais même pas si je vais pouvoir dormir mais je devrais parce que j'ai pas envie de me retrouver à somnoler au bloc. Je vais aller au bloc avec lui pour une opération du cerveau j'étais aux anges

*PDV de Kaoucen
Booon je me demande si c'est une bonne idée d'aller au bloc avec elle, alors que quand elle est la je suis complètement ailleurs. Mais bon je ne dois pas oublier mon devoir je dois la former. Aaah Kassay qui occupe mes pensée, Kassay la belle sonrhay.
Depuis l'épisode de la voiture je ne rêve que d'une chose l'avoir dans mon lit, avec ce corps rien que d'y penser je pers la tête

...: Docteur vous avez de la visite

Moi : c'est qui ?

Secrétaire: elle dit qu'elle s'appelle Rakia

Rakia...

Moi: faites la entrer.

Rakia. Rakia et moi sommes sorti ensemble si on peut dire ça. C'est une fille absolument sexy avec la peau très clair. Tout à fait mon genre, là on est plus ensemble mais ça nous empêche pas de coucher ensemble

Rakia: ça va mon chou

Moi : ouiii

Elle: tu es toujours aussi canon. Espérons que tu sois aussi bon au lit que la dernière fois

Je souris face à ce qu'elle vient de dire, décidément elle est sans gène

Moi: ouuuuaiis

Elle s'est assise sur la chaise en face de moi. Elle portait un chemisier decolté plongeant laissant voir une grande partie de sa poitrine. Haaa Rakia elle cherche toujours à attiré les hommes.

Moi: qu'est qui t'amene?

Elle: tu me manquais

Moi: mmm mais la c'est mon lieu de travail si tu veux jouer on se retrouve le soir chez moi

Elle : alors à ce soir?

Moi: ouiii

Au lieu de partir elle contourne le bureau et viens se mettre devant moi

Elle : j'espère que tu ne va pas tarder

Moi: ouiii

Et elle s'est abaissé pour m'embrasser et a pris ma main pour la mettre sur sa fesse droite. Juste à ce moment la porte s'ouvre.

...: oops

Elle referme la porte aussitôt. C'est elle je le sais

Moi: c'est bon vas y

Elle: c'était qui?

Moi: c'est pas tes affaires.

Elle a pris son sac et est sortie je l'ai accompagné et en sortant je trouve l'autre assise sur une chaise au bureau de ma secrétaire sur un scanner

Kassay: Docteur quand vous aurez le temps j'ai quelques chose à vous montrer

Rakia la regarde de bas vers le haut puis du haut vers le bas avant de tchippeeer

Rakia: c'est quoi ça *en parlant de Kassay*

Kassay : pardon c'est à moi qu'elle s'adresse ?

Moi: c'est bon Rakia vas y

Kassay : eeh toi laisse moi te dire un truc. Si je ne te fais rien c'est parce que je respecte mon lieu de travail. Mais quand on va se voir dehors je te le dis moi je vais te concasser, je vais te tabasser, je vais t'exploser, je vais te frapper sallement on verra si tu sera toujours aussi impolie. Thuuuuussss chachacha (abruti).

Rakia: c'est à moi...

Moi: assez Rakia vas y

Rakia: maiiis....

Moi : vas-y j'ai dit.

Kassay: écoute le je risque de te tirer tes faux cheveux là. Regardez moi celle la.

Elle est partie sans rien attendre elle a bien fait je crois.

Moi: Kassay dans mon bureau.

Elle me suit avec le scanner en mains avec le visage neutre ne laissant rien paraître.

Moi: que voulez vous me montrer?

Elle: regardez sur ce scanner c'est le patient la n°.... Je sais plus...bref voilà il avait de sérieux maux de tête et il avait l'impression que ce n'était pas des maux de tête normale. Alors on lui a demandé un scanner

Moi: et?

Elle: bah vous voyez la c'est le liquide qui circule dans le cerveau on dirait bien que le sien circule lentement

Moi: alors?

Elle: je pense que cela est dû à une fièvre dès son jeune âge qui a été mal soignée.

Moi: c'est vrai

Elle: Donc je lui ai prescrit advil

Moi: c'est parfait tu as fait du bon bouleau.

Elle: ouiii comme d'hab

Moi : la modestie tu connais?

Elle: nooon pas besoin c'est pour les faibles...

Moi: .....

Elle:.....

Moi: c'est toi qui a ouvert la porte tout à l'heure

Elle: ouuuiii

Moi: je.....

Elle: c'est votre vie je m'en fou je suis là pour apprendre le reste c'est pas mes affaires. Si vous me permettez je vais aller me préparer pour le bloc.

Et c'est comme ça qu'elle est sorti en roulant ses fesses mais des fois j'ai l'impression qu'elle fait pas exprès c'est juste le poids qu'elle trimballe derrière elle obligé ça bouge.

Elle: arrêtez un peu de mattez mes fesses.

Elle a dit ça en quittant mon bureau. Sacré Kassay

Chapitre 6

Après ce que j'ai vu je sais pas pourquoi j'ai eu un pincement au cœur et directe j'ai détesté cette fille non mais aucune retenue celle là et lui la qui met sa main sur ses fesses.

***

Kaoucen : prête?

Moi: ouiii

Lui: commençons....pince.

Je lui ai passé

Lui: la tumeur se trouve dans une zone assez délicate du cerveau

Moi: alors ?

Lui: ça sera un peu compliqué il peu perdre la mémoire

Moi: baah retire la sans qu'il n'ait à perdre la mémoire

Lui: tu crois que c'est boire de l'eau

Moi: nooon

Lui: alors taits toi et apprends.

Durant l'opération je l'observais faire il a un tel don. Il est considéré comme étant le meilleur médecin du pays pourtant il a peine 25ans.

Lui: c'est bon je l'ai retiré

Moi: eeeet?

Lui: on va attendre voir. De toutes les façons si on ne l'avait pas retirer il serait mort alors mieux vaut être amnésique

Moi: ouiii c'est vrai.

Après on s'est lavé les mains au lavabo et durant ce temps j'avais l'impression qu'il m'observait

Moi: pourquoi tu m'observes?

Lui: rien je te trouve belle

Moi: je suis belle

Lui: tu n'as toujours pas connu la modestie

Moi: j'en ai pas besoin

Lui: hummm

Après qu'on ait fini on est sorti. Je suis resté la à l'accueil chez la réceptionniste en regardant les dossier des autres patients dont on doit s'occuper quand je vois ma sœur venir vers moi

Moi: Abou qu'est-ce qui se passe

Elle: Yousra est malade wAllah. Je cherche le service de pédiatrie

Moi : elle a quoi? Mon bébé viens la

Elle me la passe, elle avait la fièvre la pauvre.

Moi: allons je vais te montrer Halima est là bâ

Elle: au moins je serai pas perdue

J'allais partir quand on m'appelle

...: Kassay

Ooooh il veut quoi lui?

Moi : ouiii

Lui: Dans mon bureau

Moi : j'arrive Zeynab

J'ai suivi l'autre jusqu'à son bureau

Lui : tu vas où ?

Moi: au service de pédiatrie c'est ma soeur sa fille est malade

Lui: mmmmm vas et reviens

Moi: j'avais pas l'intention de rester la bâ

Lui: ouaais ouaais

Il est bizarre quand même. Bref j'ai laissé ma soeur avec Halima et je suis retourné au bureau de Dr pacotille.

Moi: je suis là

Lui: et alors ?

Moi: c'est toi qui m'a dit de revenir

Lui: pourquoi tu me tutoie

Moi: parce que tu le fais

Lui: je fais ce que je veux moi

Moi: bah moi aussi figures toi

Lui: sors de mon bureau

Moi: je fait ce que je veux

Et je suis parti m'asseoir sur la chaise à côté de son bureau en face de lui

Lui: Kassay

Moi: Kaoucen

Lui: dégage d'ici

Moi: nooon pourquoi tu m'as dit d'aller revenir

Lui: parce que je pourrait avoir besoin de toi et tu ne dois pas être loin

Moi: baah je suis là si ta besoin et je ne suis pas loin

Lui: Dieu de miséricorde

J'ai vu une photo sur son bureau ça doit être une femme d'au moins la quarantaine très belle au passage. Je l'ai prise pour mieux   regarder

Moi: c'est qui?

Lui: ma mère

Moi: elle est très belle

Lui: normale c'est ma mère

Moi: parce que toi tu te crois beau. Qui sait peut être qu'elle t'a ramassée dans la poubelle

Lui: je suis sur que c'est ce que Hamza te disait avant et tu veux trouver quelqu'un à qui le dire mais pas de petit frère.

Moi: mdrrrr c'est vrai lui et Zeynab me répétaient tout le temps qu'on m'a ramasser dans une poubelle et moi je pleurai *rire* et j'allai voir ma mère pour lui demander et tu sais ce qu'elle me dit "non ma chérie regardes on se ressemble comme deux gouttes d'eau" alors que moi je ressemble à mon père.

Lui: *rire* t'es vraiment bête.

Je le regarde et remarque qu'il a un beau sourire avec des fossettes.

Lui: qu'est-ce que tu regarde

Moi: tu as des fossettes

Lui: et alors toi aussi non?

Moi: comment tu sais que j'ai des fossettes je ne souris pas tout le temps

Lui : l'autre soir dans la voiture tu as souris après avoir enlever ta chemise.

Moi: haaaa ouiii

Lui: me regarde pas comme ça

Moi: je te regarde comment

Lui: ne joue pas avec le feu

Moi: sinon je risque de me brûler ?

Lui: ouiii

Moi: alors je m'en fou.

Lui: pourquoi tu as un tatouage au bras c'est Haram

Moi: je suis née comme ça

Lui: c'est pas possible

Moi: si

Lui: ça recouvre tout ton bras on dirait un tatouage y'a même du rouge dessus, y'a les motifs.

Moi: tu saurais reconnaitre une tache de naissance attend je te montre.

J'ai enlevé le haut de mon uniforme je porte toujours un débardeur en bas. Je me suis levé et me suis approché de lui.

Moi: regarde

Il a pris ma main dans la sienne et à ce moment j'ai ressenti une décharge électrique quand il l'a pris il m'a regardé un moment dans les yeux avant de se remettre à regarder ma tache de naissance.

Lui : c'est une tache de naissance c'est trop bizarre.

Moi: ouiii peut être que je suis la réincarnation d'une sorcière

Lui: très drôle je ne crois pas en ces choses

Moi : pourquoi?

Lui: comment croire en ces chose alors que je suis médecin

Moi: comment ne pas y croire alors qu'on est en Afrique.

En ce moment moi même je ne croyais pas en mon hypothèse pourtant......

...: KAOUCEN

C'est une fille qui est rentré. Une fille de teint clair avec de long cheveux jusqu'au dos. Certainement une fille de son ethnie.

Elle: tu fais quoi avec elle?

Lui: tcffhkgfdetjklliyfff

Elle: uopzgsgdyidoeobfhfggehekk

Ils parlaient en tamashek moi je n'y comprends rien.

J'ai remis le haut de mon uniforme et j'allais sortir quand il a dit

Kaoucen: Kassay c'est ma soeur

Moi: ta soeur?

Elle: ouiii je suis sa sœur Arfaah, c'est donc toi Kassay ?

Moi: j'ai pas compris

Kaoucen : fermes la Arfaah!

Elle lui a fait un sourire comme pour se moquer et m'a dit

Elle: l'autre fois je l'ai entendu t'appeler dans son rêve

Moi : quoiiii?

Je me suis retourné pour le regarder choqué et j'ai commencé à me moquer

Moi: je me fais toujours des films

Lui: arrête. Arfaah je t'aurai.

En ce moment mes maux de tête ont recommencé. En vérité ça fait un moment que j'ai des maux de tête et des vertiges, mais à chaque fois je prend du doliprane et ça passe. J'ai attrapé ma tête tellement la douleur était vive cette fois. Avant que je ne réalise Kaoucen était devant moi et m'a attrapé

Lui: tu as quoi ?

Moi: je sais pas ces derniers temps j'ai des maux de tête

Lui: et pourquoi tu ne m'a pas dit. Je suis neurochirurgien j'aurai pu t'examiner.

Moi : je me suis dit que c'était pas nécessaire et je prend du doliprane

Lui: maaiiis t'es bête et si c'est grave ?

Arfaah: ne l'engueule pas, tu vois bien qu'elle se sent mal

Lui: elle aurai du. Viens je vais voir ce qui ne va pas.

Avant qu'il ait fini de parler ma vue est devenue floue puis tout est devenu noir...

Chapitre 6

Je viens d'ouvrir les yeux je vois que je suis dans une chambre d'hôpital. Je tourne la tête et vois Kaoucen

Lui: tu t'es réveillé?

Moi : qu'est-ce qui s'est passé?

Lui: tu t'es évanoui

Moi: j'ai rien de grave dans tout les cas. Je vais de ce pas retourner à mes occupations *en essayant de sortir du lit*

Lui : attend.... Après les maux de tête t'as quoi d'autres

Moi: le vertige

Lui: eet les maux de tête t'as pas l'impression que c'est bizarre

Moi: c'est comme si c'était situé à un seul endroit et j'ai l'impression que c'est dans le cerveau

Lui: et tu comptais m'en parler?

Moi: nooon c'est pas grave

Lui: tu as une tumeur au cerveau Kassay

Il a dit quoi? Que j'ai quoi? Ifonaguoneh woooh (qu'est-ce qu'il dit)

Moi: quoi?

Lui: écoute...

Moi: nooon j'ai rien c'est une erreur

Lui: siii tu as les symptômes et je t'ai fait un scanner

Moi: c'est pas possible je vais mourir

Lui: nooon tu ne mourras pas

Moi: siii je vais crever

Lui: Ecoutes moi je vais m'occuper de toi.

Moi: mais je vais mourir *en pleurant*. Ce pays manque de matériels, il y'a de bon médecin mais pas de matériel je vais crever

Lui: écoute. Je ne travaille pas qu'ici. J'ai aussi un travail en France et aux États-Unis. Je t'emmènerai en France pour l'opération

Moi : mais je vais mourir *en pleurant*

Il m'a serré dans ces bras et je l'ai serré aussi plus fort.

Lui: arrête de pleurer. Je te jure que je ne te laisserai pas mourir.

Moi: *pleure*

Lui: pleure pas Kassay la belle sonrhay.

Au fur et à mesure il me caressait les cheveux et le dos en me fesant des bisous sur la tête. Il me calmait et j'ai réussi à arrêté de pleurer. Je me suis recouché et il s'est assis sur le lit près de moi

Kaoucen : je m'occuperai de toi. Il ne t'arrivera rien.

Moi: je veux pas mourir. Je me suis pas marié et j'ai pas eu d'enfants.

Lui: tu vas te marier et tu auras beaucoup d'enfants.

Moi: *sourire*

...: elle s'est réveillé ?

Kaoucen : ouiiii

Arfaah: comment tu vas?

Moi: ça va.

Hamza: tu m'a fait peur sœurette. Alors Kaoucen elle a quoi?

Kaoucen : je suis tenu au secret médical. C'est à elle de te le dire.

Hamza: tu as quoi?

Moi: riiieeen

Kaoucen m'a regardé comme pour me dire que je devais leur dire.

Moi: je....je...

Hamza : tu quoi?

Moi: j'ai une tumeur

Lui: quoi? Non y'a erreur

Moi: c'est vrai Hamza

Lui: ma sœur ne peut pas être malade pourquoi?

Kaoucen : c'est la volonté de Dieu

Hamza: tu peux la soigner non?

Kaoucen : j'ai besoin de parler à tes parents appelles les.

Hamza: ouiii

Il est parti les appeler je crois. Arfaah s'est assise à côté de moi et m'a pris le bras

Arfaah: mon frère va faire de son mieux pour que tu guérisses.

Moi: ouiii.

*Dans la peau de Kaoucen

La tumeur se trouve dans une zone du cerveau où c'est compliqué à atteindre. Putain! C'est juste impossible de l'opérer ici.
Je sais pas ce que je ressens mais je sais que j'ai peur très peur d'échouer. Pour la première fois j'ai peur. Le cerveau c'est une zone du corps humain très délicate. Toute les neurones s'y trouve et c'est très compliqué à opérer une erreur d'un millimètre et c'est la fin. Le cerveau est la partie la plus difficile à opérer Je ne veux pas qu'elle parte, je vais faire tout ce qu'il faut pour la sauver. Rien que de penser que je ne pourrai plus voir son beau visage noooon... Qui je pourrais mater maintenant

Moi: c'est bon?

Hamza : ils sont là.

Son père : docteur comment va ma fille?

Moi: elle est malade Mr va falloir la transféré dans un autre pays.

Sa mère : est ce si grave.

Moi: c'est une tumeur au cerveau

Sa mère : nooon Soub'hanallah Kassay baba fait quelques chose.

Son père : où ?

Moi: je travaille dans un hôpital en France je vais moi même m'occuper de son opération

Son père : c'est vous le directeur de l'hôpital ?

Moi: Oui

Sa mère : Dr Insar?

Moi: ouiii

Son père : ça va coûter combien?

Moi: je ne vous ferai pas payer. C'est moi qui m'occupe de sa formation pour être neurochirurgien donc je m'occupe de tout

Sa mère : merciii

Moi: pas besoin de me remercier madame. Venez je vous amène à sa chambre.

*Dans la peau de Kassay

Je dormais lorsque j'entends des pleurs et la voix de mon père

Mon père : c'est elle. La tache de naissance et maintenant ça tout est comme on l'a prédit

Ma mère : nooon c'est ma fille

Mon père : et maintenant ce docteur c'est un touareg. S'il se passe quelque chose entre eux ça sera compliqué

Ma mère : arrête de parler de ça.

Moi: maman

Ma mère : ma chérie tu t'es réveillé?

Moi: ouiii.. Maman tu as pleuré ?

Elle: non non ma chéri

Moi: sii tes yeux sont tout rouges. Mamaaan je suis désolé, t'as pleurer par ma faute

Elle: nooon c'est rien

Moi : siiii c'est pas bien. Pardonne moi

Elle: chuutttt viens la. Elle m'a prise dans ses bras et m'a serré

Moi: papa pourquoi tu regarde ma tache de naissance

Ma mère : c'est rien

Moi: papa pourquoi j'ai ça sur le bras

Lui: je ne sais pas

...: le voyage aura lieu demain plus vite on se débarrassera de ce truc mieux ça sera

Ma mère : y'a des risques

Kaoucen : toutes les opérations comporte des risques

Mon père : faites votre possible

Kaoucen : ne vous inquiétez pas

Chapitre 3

Moi: ça va je peux marcher

Lui: tu es sur?

Moi: oui *sourire*

Lui: allons je t'emmène à ta chambre.

Nous venons d'arriver à l'hôpital où il travaille en France. Il y'a un bon nombre de médecins nigériens qui travaillent également dans d'autres pays comme je l'ai dit on a de bons médecins le problèmes c'est le matériel.

Il m'a emmené à ma chambre et m'a installé sur le lit

Lui : je vais veiller à ce que t'es une infirmière en ton entière disposition

Moi: mmmm l'opération aura lieu quand ?

Lui: demain

Moi: c'est toi qui va la pratiquer?

Lui: ouii

Moi: je peux mourir c'est ça

Lui: tu sais bien comment ça marche t'es toi même médecin. Mais tu as la volonté de vivre ce qui augmente le taux de réussite

Moi: je suis pas parti à la Mecque

Lui: tu iras à la Mecque in shaa Allah.

Moi: mmmm j'espère

Lui: j'y vais je dois tout mettre en place

Après qu'il soit parti j'étais couché sur le lit quand la porte s'ouvre sur une infirmière

Elle : bonjour je suis Cécile votre infirmière

Moi: bonjour

Elle : vous avez besoin de quelques chose ?

Moi: un verre de jus de fruits s'il vous plait

Elle est sorti et est revenu plutard avec le verre de jus.

Moi: merci

Elle: de rien

Moi: comment il s'est arrangé pour me trouver une infirmière vous devez être débordé

Elle: oui mais il sait renseigné sur qui prenait ses congés et ça coïncidait avec moi alors il m'a payé une bonne somme pour mes services

Moi: aah okay

 Elle me regardait bizarrement je sais pas pourquoi ?

Moi: pourquoi vous me regarder comme ça.

Elle: vous avez un beau visage et le Dr Insar aime les belles filles

Moi: tout les hommes aiment les belles filles

Elle: c'est différent. Lui quand il veut une femme il fait tout pour l'avoir

Moi: je suis son élève si on peut dire

Elle: c'est à dire?

Moi: je fait ma spécialisation pour devenir neurochirurgien avec lui

Elle: aaaah vous êtes médecin

Moi: ouii et il ne risque pas de s'intéresser à moi car il doit rester professionnel.

Elle: n'empêche vous l'intéresser

Moi : comment ?

Elle: la façon dont il a insisté pour que je m'occupe de vous

Moi: c'est juste de la gentillesse ...

Elle a fini par me laisser me reposer

Le lendemain Kaoucen est venu me trouver dans ma chambre juste avant l'opération

Lui: t'es prête ?

Moi: je crois...dis je peux avoir une anesthésie locale

Lui: nooon c'est risqué

Moi: maiiis....

Lui: l'opération durera plusieurs heures je ne peux pas prendre ce risque

Moi: pffff

Lui: je vais faire tout mon possible

Moi : je te fais confiance

*Dans la peau de Kaoucen

Me voilà en salle d'opération, après plusieurs heures je n'arrive pas à retirer cette satané tumeur. Il faut beaucoup de délicatesse, d'attention je ne dois pas touché une neurone. Si je touche celle de sa personnalité elle oublie carrément qui elle est. En fait c'est comme avoir un panier plein d'œufs et de petits cailloux à l'intérieur et on vous demande d'utiliser un marteau pour atteindre les cailloux. Bah disons que la tumeur c'est les cailloux et les oeufs c'est les neurones.

Enfin je l'ai eu je vais la retiré doucement

Infirmière : docteur les battements de son cœur diminuent

Moi: je dois l'enlever j'y suis presque

Infirmière : Docteur...

Moi: j'arrive j'y suis presque j'arrive

Elle: docteur....

Moi: c'est bon je l'ai retiré

Infirmière : docteur on est entrain de la perdre

En effet sa tension avait chuté et son coeur avait réduit la fréquence des battements. Plusieurs fois sa tension a chuté et il nous a fallu attendre avant de recommencer

Moi: défibrillateur   vite

Ils me l'ont vite passé.

Moi: chargé à 100....dégagez

Je lui ai posé sur la poitrine pas de réaction

Moi: chargez à 200.... Dégagez

Je lui ai posé elle a fait un mouvement pas de réaction

Infirmière : on peut pas encore sinon même si elle réagit elle va mourir électrocutée

Moi: je sais tout ça

J'avais commencé à perdre espoirs la ligne devenait droite puis elle a repris les courbes. Son coeur bât de nouveau j'ai reussi. J'AI RÉUSSI ELLE EST EN VIE.

L'équipe : bravo docteur

Moi: YES

Après l'opération on l'a emmené en salle de réveil. Elle s'est réveillé quelques heures plutard. Sa famille a appelé pour avoir des nouvelles je leurs ai dit que tout c'est bien passé. A présent on s'est débarrassé de cette saleté. La bonne nouvelle c'est qu'elle est pas maligne donc on aura plus de ses nouvelles

Moi: ça va

Elle: ouiii je crois. Ça y'est c'est fini?

Moi: ouiii maintenant tu dois juste récupérer

Elle: merciii beaucoup

Moi: tu n'as pas à me remercier

Elle: tu ne m'a pas rasé la tête non?

Moi: mdrrr jamais quand ta touffe entoure ton visage tu es tellement jolie je n'aurai pas pu. Par contre j'ai rasé là où j'ai opérer. Tkt ça va pousser

Elle: on t'a dit que les cheveux crépus ça poussent comme ça ? Ça prend un siècle pour faire 1cm

Moi: tkt pas on le o pas

Elle: bien. Sinon merciii vraiment

Moi: arrêtes de me remercier! Reposes toi après je viens t'amene faire un tour dans le jardin

Moi: ouiii

On est resté en France un mois. Elle s'est vite rétabli alors on est rentré au pays.

Moi: tu as un mois de repos

Elle: je me suis déjà reposé un mois

Moi: je m'en fou je veux pas te voir à l'hôpital

Elle: eet moi je m'en fou je fais ce que je veux

Moi : ce n'est pas un jeux Kassay

Elle: je m'en fou Kaoucen

Elle ne changera jamais

Chapitre 9

Une semaine plutard j'ai décidé de retourner au boulot. Je vais quand même pas rester à la maison pendant un mois à rien faire.

Moi: bonjour bonjour

Je venais d'entrer dans son bureau il était entrain de regarder des résultats d'examens

Lui: tu fais quoi ici?

Moi: je reprend le boulot.

Lui: nooon tu retournes chez toi j'ai dit un mois

Moi: la grosse blague

J'ai contourné son bureau et je suis allé prendre les résultats dans sa main. J'ai bien regarder les résultats

Moi: son taux de sucre est normale mais elle est en hypotension. Si vous l'opérer ça peut créer des problèmes durant l'intervention

Lui: ouuiii

Moi: par contre il se pourrai qu'elle ait une tension comme la mienne. C'est à dire elle monte elle descend. On devrait lui prendre la tension 3 fois encore à des jours différents

Lui : et?

Moi: si elle a une tension alternative, le jour où sa tension sera normale on l'opère

Lui: c'est vraiii

Moi: je... Qu'est-ce que tu fais ?

Il s'est même tourner sur son fauteuil pour bien mater mes fesses

Lui: rien tu disais?

Moi: tu ne m'as pas écouter ?

Lui: siii tension alternative et opération jour où la tension est normale

Moi: tu faisais quoi à regarder mes fesses?

Lui: je peux toucher ? *en essayant de toucher*

Moi: non *en frappant sa main*

Lui: aayy

Moi: regardez moi celui la. D'ailleurs je m'en vais.

Lui: j'ai chaud quand même

Quel pervers. Je retrouve Chérifa à l'accueil

Chérifa: tu as l'air de mauvais poils

Moi: thhuuurrrs c'est pas l'autre la?

Elle: qui Dr Insar ?

Moi: *tchip*

Elle: aaah il t'a fait quoi le beau goss

Moi: c'est un abruti

Elle: o.o calmes toi Kassay

Moi : nooon je me calme pas

Elle: tu ferai mieux de m'écouter

Moi: non il m'énerve ce docteur pacotille

...: Alors comme ça je suis docteur pacotille ?

O.o je crois que j'ai gaffé

Chérifa : ouiii docteur j'arrive

Elle s'est cassé cette traitresse y'avait même pas de médecin elle parlait à un docteur imaginaire

Moi: euuuh

Lui: je suis docteur pacotille ?

Moi: noon mais c'est toi la qui m'a énervé

Kaoucen : aaah booon je t'ai énervé

Moi: mais tu fais rien d'autres que me mater

Lui: c'est moi qui t'ai dit d'avoir de grosses fesses ou une grosse poitrine

Moi: maaaais regardes pas..

...: Kassay y'a un problème ?

Alors lui c'est Seydou il est orthopédiste. On se parle souvent mais booon voilà quoi? Kaoucen l'a tellement mal regarder si un regard pouvait tuer il serait mort

Moi: ça va Seydou tkt

Lui: t'es sur?

Kaoucen : ici c'est un hôpital et noon un lieu de drague alors Dr Manzo disposez

Seydou: Mais Dr Insar...

Le regard qu'il lui a lancé...il s'est directe tu et est parti

Kaoucen : toi suis moi

Moi: pfff vas y.

Lui: rentres devant

Moi: tu vois écrit conne sur mon front ?

Lui: pas besoin de le voir écrit sur ton front je sais que t'es conne

Moi: tooh on va rester ici je n'irai nul part

J'ai attrapé ma hanche et je tapais mon pieds au sol en attendant. Il s'est assis sur une chaise qui était juste la et à fait comme si de rien était. Voyant que j'allais pas céder il s'est levé et m'a dit de le suivre   manti nine kay.
Une fois dans son bureau il s'est assis, j'ai fait de même

Lui: qui t'as dit de t'asseoir

Moi: je te l'ai dit je fais ce que je veux

Lui: hhuoaljsghiok

Moi : t'as dit quoi la?

Lui: apprend tamashek si tu veux savoir

Moi: algualam nina pokyo

Lui: t'as dit quoi?

Moi: apprend Sonrhay si tu veux savoir

Lui: ta tête la

Moi: plus jolie que la tienne

Lui: rêve toujours... Bon on a un voyage dans deux jours

Moi: pardon?

Lui: on voyage dans deux jours

Moi: pour aller où ?

Lui: Miami

Moi: pardon?

Lui: il y'a un essais clinique au quel je vais participer. On cherche un remède contre l'alzheimer, je voudrai que tu m'accompagnes

Moi: mais c'est une grande opportunité

Lui: oouiii c'est pour ça que je veux que tu vienne.

Moi: aaaaaaah je vais à Miami

Je me suis levé je l'ai tiré de son siège et je l'ai serré dans mes bras. Je l'ai serré fort tellement j'étais contente c'est une grande opportunité pour moi.

Lui: aaah que c'est doux *en descendant vers mes fesses*

Moi: lâches moi d'ailleurs...

Lui: nooon ouuuuh c'est vraiment doux *en me tripotant*

Moi: mais lâche moi

Il refusait de me lâcher. Il m'avait serré contre lui et me tripotait le battard et je sentais son excitation contre moi. Maiiis lâche moi imbécile

...: Dr votre....

Il m'a direct lâché c'était sa secrétaire.

Lui: vous savez la sonnette à l'entrée c'est pas un décor

Elle: je suis désolé y'a un monsieur qui dit être votre père

Lui: mon père?

...: Ouiii imbécile tu ne répondait pas à mes appels

Kaoucen : papa je..je

Lui: taits toi jlaldydieodkdvheuzilzijsjoooo

Il parlait parlait puis à un moment il s'est arrêté pour me regarder je crois qu'il vient de remarquer ma présence

Lui: Kassay

Euuh comment il connaît mon nom?

Moi: ouiiii

Puis il a regardé son fils

Lui: Kaoucen

Kaoucen : oui papa?

Lui: c'est pas possible...

Kaoucen : comment tu l'as connaît

Lui: c'est la mère de...de...noon rien

Moi: mais j'ai pas d'enfant

Lui: toi non mais elle si...

Kaoucen : qu'est-ce qu'il y'a papa

Lui: rien

Moi: j'y vais moi.

Je sors du bureau et les laisse entre père et fils c'est bizarre quand même qu'il connaisse mon nom.

***
J'ai dû trimer longtemps avant que mon père me laisse aller à Miami. Il m'a fallu beaucoup de larme et ma mère a beaucoup fait Hamza aussi. Finalement il a accepté et demain je vais à Miami yahouuuuu

Chapitre 10

Moi: haaaaa tout est beau ici

Kaoucen : ouaaais

Nous venons d'arriver à Miami. Une voiture est venue nous chercher et nous emmène à notre lieu d'hébergement

Moi: on va dans un hôtel ?

Lui: noon

Moi: nooon?

Lui: j'ai un appartement ici je te rappelle que je travaille ici aussi

Moi : ouaiis ouuuaiis

Quand il disait appartement il a oublié le mot luxueux. C'est vraiment beau son appartement

Moi: maaiiis c'est... C'est...

Lui: beau et luxueux je sais

Moi: mmmmm ouaais elle est ou ma chambre.

Lui: choisi celle que tu veut

En fait l'immeuble est située juste en face de la plage donc j'ai choisi celle avec une vue sur la plage

....: celle la c'est la mienne

Moi: je l'ai déjà choisi

Lui: mon dressing est déjà aménagé donc choisi une autre

Moi: pffff

Lui: celle à côté a également une vue sur la plage

Moi: d'accord

Je suis donc allé dans la chambre c'est vrai qu'elle est belle quand même. Je me sentais fatigué alors je suis allé prendre un bain après je me suis changé j'ai porté un débardeur et un short.

Kaoucen : viens manger!

Moi: j'arrive

Je suis alors sorti je suis allé à la salle à manger il était assis sur la table et déballait la pizza du carton

Lui: j'ai comman.... Eh bebhg ..pepppp... Tu tu

Moi: qu'est ce qu'il y'a

Lui: tu fais quoi habillé comme ça?

Moi : c'est quoi le problème

Lui: rien

*Dans la peau de Kaoucen

C'est quoi son problème elle veut que je lui fasse du sal c'est ça ?

Kassay: je vais chercher de l'eau

Mais quand elle s'est levé tout ce qu'elle trimballe derrière elle bougeait. Je commençais à avoir chaud putain.

Kassay : Kaoucen je ne retrouve pas les verres

Moi: j'arrive

Quand je suis rentré dans la cuisine elle essayait d'atteindre le placard en haut elle est élancé pourtant mais bon c'est rien face à mes 1m95.

Je me suis mis derrière elle et j'ai tendu ma main pour prendre les verres

Moi: c'est bon

Elle s'est retourné et sa poitrine qui pointe devant moi

Elle: mercii

En prenant les verres nos mains se sont frôlé et j'ai senti qu'elle avait frissonné. Elle a levé les yeux pour me regarder et j'ai pu voir quelque chose dans ces yeux comme si ce n'était pas elle comme si y'avait quelqu'un d'autre. Puis je regarde son visage je me rends compte qu'elle est complètement différentes des autres africaines. C'est une vrai beauté mais on dirait les femmes d'avant. Avant la colonisation et la traite négrier quand l'Afrique était l'Afrique.

Kassay : pourquoi tu me regarde comme ça

Moi: tu as un visage particulier

Elle: comment?

Moi: tu ressemble aux africaines d'avant

Elle : d'avant ?

Moi: quand l'Afrique était l'Afrique

Elle: ahaan

Moi: prends le comme un compliments celle d'avant était plus belle

Elle : même celles de maintenant sont belles

Moi: c'est vrai, d'ailleurs elles sont les plus belles même si la traite négrière a emporté les plus belles femmes d'Afrique

Elle : la traite n'a pas vraiment touché notre pays. Et je n'aime pas trop ce concepts de dire que les femmes africaines maintenant ne sont pas belles

Moi: je n'ai jamais dit ça. Ce que je veux dire par là, c'est qu'avec la traite et la colonisation les femmes africaines ont le cerveau formaté et ont voulu ressembler à un autre type de femmes en se lissant les cheveux et en se blanchissant la peau. Elles ne sont plus elle même je ne les juge pas mais personnellement je trouve que chacun est bien comme il est. Les femmes noires sont belles étant noires et les femmes blanches sont belles en étant blanches tu me suis?

Elle: oui

Moi: et toi tu es naturel a 100% ce qui fait encore plus ton charme

Puis mon regard s'est posé sur ce qu'elle appelle tâche de naissance. J'en ai une dans le dos également

Moi: c'est un serpent et un caillement qui ont l'air de former une calebasse

Elle: ouii c'est mon totem. Le serpent et le caillement

Moi: totem ?

Elle : ouiii chaque famille de pêcheurs a un totem sinon la pêche sur le fleuve ne sera pas facile. Mais ça ne compte plus ma famille s'est islamisé et les âgés ne veulent plus en entendre parler des anciennes croyances et traditions qui sont en contradiction avec le monothéisme pur de l'Islam

Moi: et à l'intérieur du rouge comme du.....

Elle et moi: du sang

Moi: en bas c'est une sirène elle a les même cheveux que toi

Elle : tout le monde a les cheveux comme ça chez nous

Moi: noon regarde c'est le même volume, la même longueur avec le temps elles n'ont plus les cheveux naturels, elles se défrisent

Elle : oui.

Moi: on voit pas le visage de la sirène elle a tourné le visage mais on dirait toi.

Elle : allons manger

Moi: tu as faim

Elle: ouiii.

Moi: tout ce que tu manges ça va dans tes fesses

Elle: tu peux laisser mes fesses tranquille ?

Moi. Nooon jamais.

**

Mon réveil vient de sonner c'est l'heure de la prière je me suis levé, j'ai fait mes ablutions et j'ai porté mon jelba. En sortant de la chambre je croise Kassay avec une abaya

Moi: tu vas prier?

Elle: noon je joue au ninja

Moi: tu te fou de moi?

Elle: pfff je cherche un tapis j'ai oublié le mien

Moi: tiens prend le mien

Elle: et toi alors ?

Moi: j'ai un autre

Elle: tu vas à la mosquée ?

Moi: les mosquée ne courent pas les rues ici. On est pas au Niger

Elle: n'empêche cherches papa a dit les hommes doivent prier à la mosquée

Moi: toi et tes papa a dit

Elle: vas y. Vas chercher une mosquée.

Moi: d'accord la darone.

Elle: je n'ai que 20ans

Moi: pourtant tu es presque diplômé

Elle: ouuaiis ouuuuais bon vas y..

Je suis allé donc à la mosquée. Heureusement y'a une juste pas loin de l'immeuble c'est d'ailleurs pour ça que j'ai choisi l'appartement.

En rentrant de la mosquée je la retrouve endormi sur son tapis de prière. Elle avait son pouce dans la bouche on dirait un enfant je n'ai pas pu m'empêcher de lui prendre un photo tellement elle était mignonne. Je l'ai prise et je l'ai ramener dans sa chambre avant de rejoindre la mienne

Chapitre 11

On est en route pour l'hôpital et à vrai dire je me sens fatigué j'ai alors posé ma tête sur l'épaule de Kaoucen

Kaoucen : tu es fatigué

Moi: un peu

Lui: si tu veux on te ramène à la maison. Tu peux commencer demain

Moi: noon je veux y aller.

Arrivés à l'hôpital je remarque que c'est un grand immeuble je vais garder ce que je pense pour moi. Je suis aux États Unis à Miami rien avoir avec chez moi

Lui: viens

Je suis descendu de la voiture et je l'ai suivi. On est entré dans l'enceinte de l'immeuble et on est entré dans un ascenseur qui nous emmené à un étage j'ai pas regardé c'était le quelieme.

Dès que l'ascenseur s'arrête et qu'on sort je vois un homme portant une blouse et des vêtements de chirurgien venir vers nous il est assez grand et baraqué. Il a les cheveux gris et une barbe de 3 jours mais il est pas vieux. Peut être la trentaine.

Lui: Kaoucen *en le prenant dans ses bras*

Kaoucen: ça va Mark

Le Mark: mais oui et toi? Et ton pays? Ça se passe?

Kaoucen: ça va tout va bien au Niger.

Mark: tu nous a manqué à Miami. Heureusement qu'ils t'ont appelé pour l'essai clinique on aura besoin de ton talent, je....je...je.....

Il vient de me remarqué je crois. Il avait sa main sur l'épaule de Kaoucen il quitte immédiatement Kaoucen et vient vers moi

Le Mark: but who's that?   (mais c'est qui ça ?)

Moi:

Kaoucen :she is with me she is a resident she soon finished her specialization   (elle est avec moi c'est une résidente elle a bientôt fini sa spécialisation)

Le Mark:What's her name?   (elle s'appelle comment)

Moi:I am in front of you if you have questions ask me (je suis devant vous si vous avez des questions posez les moi)

Lui: your name (ton nom)

Moi: je suis pas votre égale vouvoyez moi

Lui: aaah mais c'est qu'elle a un fort caractère

Moi : *à Kaoucen* miyé masala chi(c'est quoi son problème ?)

Kaoucen : hakanan ya keh (il est comme ça)

Le Mark: vous parlez de moi?

Moi: exactement

Lui: vous aussi vous me trouvez beau et séduisant.

Moi: chui pas la pour ça mais si vous voulez savoir ce que je pense de vous. Je vous trouve imbu de votre personne et lourd

Lui: c'est moi qui dirige l'essai clinique je peux vous empêchez d'y participer

Moi: papa dit qu'un homme un vrai n'abuse pas de son pouvoir sur une fille seulement parce qu'elle s'intéresse pas à lui alors que lui sii

Mark: eeeuh bah bien venu

Kaoucen : viens la Kassay

Il a tiré ma main et on est parti ensemble.

***

Un médecin: on commence par quoi?

Un autre : par trouver ce qui peut être la base de cette maladie.

Kaoucen : à ce jour nous savons toujours pas ce qui cause la maladie d'Alzheimer. En revanche il est établi qu'avant même l'apparition des premiers symptômes, les neurones sont affectés par deux types de lésions

Moi: la plaque amyloïdes que l'on retrouve entre les neurones et la dégénérescence neurofibrillaire que l'on retrouve à l'intérieur des neurone

Mark: et la génétique joue certainement un rôle dans la maladie d'Alzheimer car on sait qu'elle survient plus fréquemment dans certaines familles

Moi: peut être l'environnement

Tout le monde s'est retourné pour me regarder

Eux: comment

Moi: baah déjà Alzheimer est une maladie qui n'est présente qu'à l'Occident. Chez nous jamais on en a entendu parler

Kaoucen : c'est vrai les africains ne connaissent pas cette maladie

Mark: c'est le climat ?

Moi: nooon mais Alzheimer c'est dans le cerveau donc non. Ça doit être du à un truc comme le stress. Vous savez vous les occidentaux vous vous compliquez la vie

Un docteur : comment ça ?

Moi: vous faites de tout un problème. Vous voyez en Afrique personne ne dira qu'il souffre de stress ou quand vous donnerez un médicament de stress à un africain il va vous prendre pour un idiot

Un autre : mais pourquoi

Moi: on a déjà faim on a pas le temps de stresser. Et Alzheimer peut être dû au stress. Vous stressez tellement que vous commencer à oublier des trucs.

Kaoucen : puis une autre ainsi de suite jusqu'à ce que vous commencer à perdre la mémoire à tout bou de chanp. Vous vous focalisé sur une seule chose qui occupe votre esprit

Moi: enfin c'est une hypothèse.

Kaoucen : en même temps on ne peut pas dire qu'elle est complètement absente. Tout ce qu'on sait c'est qu'aucun cas n'a été détecté.

***

Mark: tu peux venir voir un truc

Moi : ouiii

Je l'ai suivi jusqu'au urgence et je vois deux hommes entrain de causer et l'autre a un couteau planté dans la tête. Il avait l'air ivre

Moi: maiiis maiiis il a un couteau dans la tête

Kaoucen : ouiiii ils sont ivres viens la

Il m'a tiré on est allé dans la pièce d'à côté avec Mark. Mais on voit les autre de là ou on est. On est séparé par une vitre

Moi: mais il un couteau dans la tête

Mark: on a remarqué

Moi: comment il se l'est fait

Kaoucen : ils sont ivres c'est son ami qui la planté

Moi: on fait quoi

Mark: on va essayé de faire un scanner pour voir à quoi on a à faire

Alors qu'on était entrain de mettre une stratégie au point je vois l'autre enlevé le couteau de la tête de celui qui est planté

Moi: il l'a tué

Mark: merde

Ils ont a accouru. Le mec   était normale comme si de rien n'était

Kaoucen : Kassay emmène le pour le scanner

Moi: venez monsieur

Je l'ai amené faire le scanner. Quand je l'ai récupérer j'ai trouver que tout allait bien.

Kaoucen : je crois qu'il n'a pas atteint les nerfs

Mark: c'est superficiel

Moi : donc je peux le laisser partir

Mark: ouii

*Dans la peau de Kaoucen

Moi: arrêtes de la mater comme ça

Mark: elle est vraiment canon. Son chirurgien a bien réussi ses fesses

Moi: c'est naturel

Lui: nooon c'est pas possible

Moi: c'est Haram de modifié la création d'Allah

Lui: c'est ça et son tatouage alors ?

Moi: ça c'est une autre histoire

Lui: c'est à dire ?

Moi: tu ne comprendrait pas. Mais j'aime pas la façon dont tu la regarde

Lui: je veux me la faire

Moi: tu ne feras rien.

Lui: elle t'intéresse ?

Moi: tout ceci n'est pas ton problème

Lui: Kaoucen fait attention ne tombes pas dans le piège de l'amour

Si tu savais je crains d'y être déjà. Je pense à elle jours et nuits et dans mes rêves il n'y a qu'elle.

Moi: ouuaais.

...: je crois qu'on doit rentrer Kaoucen

Moi: allons.

On a pris congé et on est rentré à la maison. On a fini ce qu'on a à faire ici. On retourne au pays dans une semaine.

Elle: la fête de ce soir

Moi: on y va?

Elle : ouiii

Chapitre 12

Kassay: où se passe la fête?

Moi: dans une boite branché de Miami.

Elle: je suis jamais allé en boîte

Moi: comment?

Elle: tu sais qu'à Niamey aller   en boîte c'est comme crime

Moi: mdrrrr c'est ainsi qu'est notre société.

Elle: j'ai envie d'aller à la plage.

Moi: allons y si tu veux.

Elle est parti se changer et moi aussi. Nous avons pris la route pour la plage. Elle portait une robe fleurie ample avec des sandales et elle avait attaché ses cheveux. Moi je portait une culotte avec un t-shirt. Je lui ai pris la main et on s'est promené sur la plage.

Elle: tout est calme et paisible.

Moi: oui

Elle: je me souviens la première fois que j'ai vu l'ocean   c'était à Lomé j'étais avec ma mère. Je lui disais Maman regarde l'eau est bleu...

Moi : mdrrrr

Elle: y'a des photographes qui passent par la. Ma mère a appelé un pour qu'il nous fasse une photo il me disait d'aller dans l'eau, je disais "maman ina tay roua soun kayni(maman si j'y vais l'eau va m'emporter)" j'avais peur de l'eau qui allait et revenait.

Moi: mdrrrr mais t'es bête

Elle: t'as vu l'eau? Ça vient vouuuu ça repart c'était la première fois que je voyais ça. Je suis né dans un pays enclavé

Moi: tu parles haussa avec ta mère

Elle: ouii elle haussa de l'Ader

Moi: Tahoua?

Elle: ouiii. Et toi t'es d'où ?

Moi: Aïr

Elle: Aïr c'est Vague. Agadez? Arlit? Thi...

Moi: Agadez

Elle: aaah

Moi: et toi?

Elle: Karma

Moi: Karma de Oumarou

Elle: ouiii le résistant. Toi aussi tu porte un nom de résistant

Moi: Mohamed AG Kaoucen

Elle : ouiii. Regarde là ba *en pointant son doigt*

Moi: tu veux une glace ?

Elle: ouiii

Moi: quel parfum

Elle: chocolat

Je suis allé chercher sa glace, elle s'est posé sur le sable en face de la mer. En revenant je l'observais. Au début elle m'attirait, son corps m'attirait et je voulais la mettre dans mon lit. Puis je me suis surpris à penser à elle tout le temps. À rêver d'elle chaque nuit, après ce n'était plus son corps qui m'attirait mais je sais pas comment l'expliquer c'est autre chose. Ça fait presque 2ans qu'on se connaît et depuis je pense à elle tout le temps.

Elle: mercii *sourire*

Je me suis contenté de lui rendre son sourire. Elle est tellement belle quand elle sourit

Moi: dis tu as quelqu'un ?

Elle: oohh il est amoureux de moi

Moi: rêve pas hein. C'est juste une question comme les autres.

Elle m'a lancé un regard charmeur et s'est approché dangereusement de moi. En vérité c'est une player cette fille. Elle s'est un peut levé a mis sa main sur ma nuque et a collé son front au mien, nos nez se touchait et elle s'est mordu la lèvre inférieur avec un sourire coquin

Elle: *voix sensuelle* non je n'ai personne.

Elle me regardait dans les yeux et je sentais son souffle sur mon visage. Elle a approché ses lèvres des miennes et juste au moment de nous embrasser elle allait se retirer quand j'ai mis ma main sur son dos et je l'ai attiré jusqu'à ce qu'on s'embrasse. Au début elle était surprise et ne voulait pas mais après elle m'a donné l'accès à sa langue. Ma langue enroulait la sienne puis on s'aspirait mutuellement et elle enroulait ma langue de la sienne avant de danser avec mes lèvres des siennes. Elle a passé ses bras autour de mon cou et je l'ai posé sur mes pieds, une main sur sa hanche une autre sur sa joue. À bout de souffle on s'arrête pour se regarder. Elle me regardait dans les yeux attendant sûrement que je parle.

Moi: qu'est-ce qu'il y'a

Elle: pourquoi m'as tu embrasser ?

Moi: pourquoi as tu répondu?

Elle: je sais pas. C'était plus fort que moi

Moi: c'était aussi plus fort que moi.   Ca fait longtemps que je me mens a moi même mais je ne peux plus nier l'évidence même

Elle: tu...tu..

Moi: Oui je t'aime Kassay.

Elle : je..non..Kaoucen

*Dans la peau de Kassay

C'est pas possible il peut pas être amoureux de moi merde. Je me suis levé de lui j'allais partir quand il m'a retenu.

Lui: attends dis quelques choses

Moi: je...je sais pas quoi te dire

Lui: tu m'aimes aussi?

Moi: laisses moi partir!

Lui: réponds moi!

Moi : je sais pas Kaoucen

Lui: tu ne peux, ne pas m'aimer et répondre ainsi à mon baiser.

Il a fini par me lâcher et je suis partie à la maison. Je me suis enfermée dans ma chambre, je ne sais pas quoi penser de ce qu'il a dit. Quelques minutes plutard il vient taper à ma porte.

Lui: sors Kassay

Moi: je veux pas

Lui: tu sais depuis que je t'ai vu la première fois je me suis sentie bizarre, j'avais peur de ce que tu pouvais provoquer en moi et mes craintes s'étaient avérées justifiées. Ce que je ressens pour toi est très fort Kassay je suis amoureux de toi

Moi: arrête Kaoucen

Lui: pourquoi ?

Moi: tu ne m'aimes pas tu es attiré par moi comme tout les autres. Tu confonds l'amour et l'attirance

Lui: ouvre moi la porte

Moi : non

Lui: s'il te plait

Je me suis levé et je lui ai ouvert la porte. Il m'a pris la main pour qu'on aille dans le séjour. Il s'est assis et m'a fait m'asseoir à côté de lui. J'avais baissé la tête, je ne voulais pas rencontrer son regard.

Lui: regarde moi

Moi: non.

Il a posé sa main sur mon menton et a relevé ma tête de telle sorte que je le regarde. Il a passé sa main sur mon visage me caressait le visage tout en me regardant droit dans les yeux.

Lui: ça fait près de deux ans qu'on s'est connu. Au début je ne vais pas te mentir j'étais attiré par toi, qui ne le serai pas franchement t'as un corps de déesse et un magnifique visage. Au début je te voulais juste couché, puis je me suis dit que je ne pouvais pas faire ça à ton frère vu qu'on est amis. Je regardais tout le temps ta poitrine et tes fesses, puis après ce qui m'intéressait c'était ton sourire, tes yeux, j'ai commencé à apprécié ton intelligence mais je ne vais pas te dire que c'est ce qui fait que je t'aime car moi même je ne sais pas pourquoi je t'aime. Au début je me disais que c'était pour ton frère puis après j'ai réalisé que si je n'ai pas couché avec toi c'est parce que je t'aime et on ne fait pas ça à celle qu'on aime. On a vécu près de deux semaines seuls dans cet appartement si je le voulais crois moi on l'aurai déjà fait. Je me suis retenu par amour pour toi.

Moi:...

Lui: tu me crois quand je te t'aime

J'ai hoché la tête pour dire oui

Lui: et toi tu m'aimes ?

Moi: eeeuuh je crois qu'on doit partir il est l'heure

Lui: continue à fuir. Tu finiras par l'avouer

Je me suis levé pour aller me préparer.

Moi: va te préparer.

Je suis allé à ma chambre pour me préparer. Après trente minutes on était près

Lui: t'es ravissante

Moi: toi aussi

Il a passé sa main sur ma taille et nous sommes partie.

*Narrateur externe
La fête battait son plein dans le carré VIP quand nos deux tourtereaux sont arrivés bras dessous bras ensemble. Tout les regards se sont tourné vers eux faut dire quand même qu'il forme un beau couple.
Mark était assis entrain de boir un verre en les voyant il a fallu s'étouffer avec son vers.

Il s'est direct levé et est parti vers eux

Mark: mais dis donc Kassay tu es ravissante

Kassay : merci

Mark: Kaoucen tu me permet *en voulant prendre la main de Kassay*

Kaoucen : non elle est avec moi ce soir

Mark: euuh t'es jaloux on dirait

Kaoucen: en tout cas ce soir je ne la quitte pas d'une semelle

Mark: allons nous asseoir.

*Dans la peau de Kassay

On s'est assis. J'étais à côté de Kaoucen il me tenait la main.

Mark: apportez nous deux verres de vin rouge pour Kaoucen et Kassay

Kaoucen : tu sais qu'on prend pas d'alcool

Mark: aah c'est vrai. De la limonade ?

Kaoucen : ouiii

J'ai posé ma tête sur son épaule et il avait sa main dans la mienne à un moment tout le monde dansait sauf nous. Mark était complètement déchaîner comme Christina un autre médecin qui travaille dans leur hôpital.

Kaoucen : t'as pas envie de danser?

Moi: laisse quand y'aura moins de gens qui dansent

Lui: d'accord

Quand les gens se sont calmer il m'a pris la main et on est allé sur la piste. Il m'a tourné de tel sorte que je sois de dos à lui. Le DJ a passé du zook, il a posé ses mains sur mes hanches et en suivant le rythme je me dehanchait puis tout en suivant le rythme je me suis retourner en mettant ma main sur ses épaules, il a placé ses mains sur mon dos et m'a tiré de sorte qu'on soit plaqué l'un a l'autre mon regard dans le sien, il me regardait avec desire je le voyais bien, je me mordais instinctivement la lèvre inférieur et on dansait en bougeant les hanches et c'est comme si on était synchronisé. on bougeait simultanément on allait même en bas et on remontait tout en se déhanchant. En allant en bas on bloque un peu, ses mains quittent mon dos pour mes hanches et je ralenti le rythme du déhanchement afin qu'il puisse me suivre puis on remonte doucement en continuant les déhanchement. Il me maintient bloqué un instant et danse un peu puis je continue la danse avec lui. Mes mains quittent ses épaules pour son visage, il est vraiment élancé donc il a dut courber sa tête pour me regarder dans les yeux. Il me regarde avec intensité comme s'il voulait me dévoré.

Moi: tu sais ?

Lui: oui?

Moi: je suis amoureuse de toi

Lui: répète

Moi: je t'aime

Il m'a souris puis m'a fait tourné sur moi avant de me prendre par la taille et me faire monter en haut

Chapitre 13

Moi: t'as dit ?

Kaoucen: on va à Agadez avant d'aller à Niamey

Moi: et si on rentrait d'abord

Lui: ça ne serai pas facile pour toi d'y aller

Moi: je dirai que j'ai une intervention à pratiquer et que le patient ne peut pas se déplacer

Lui: d'accord. C'est une bonne idée

On a passé une semaine à Miami. Pendant ces une semaine on a pas travailler non, on s'est détendu, il m'a fait visiter la ville. Tantôt on va à la plage, ou au centre commercial ou encore au cinéma. C'était tout simplement merveilleux

Moi: aaah ça fait du bien d'être chez soi

Kaoucen: j'ai l'impression de ne jamais être chez moi

Moi: mais déjà t'es un SDF

Lui: c'est moi le SDF?

Moi: baaah oui en fais t'es un K-SOS déjà de base dans ton désert t'es un SDF pas de domicile fixe. Vous êtes des nomade non? Et maintenant te voilà en région du fleuve. Du Sahara tu te retrouve au Sahel. Un vrai K-SOS

Lui: un de ses jours je vais te balancer par le fenêtre.

Moi : papa a dit qu'on menace pas sa chérie

Lui: t'es ma chéri maintenant ?

Moi: mais oui je suis ta chéri, ton bébé, ton cœur, ton poumon, ton....

Lui: c'est bon Kassay j'ai compris

Moi: je suis ton amoureuse

Lui: ouaaais

Moi: même que tu as dit que j'étais la plus belle. Plus belle que l'autre salope

Lui: quelle salope?

Moi: la meuf en face à Miami. La voisine d'en face

Lui: mdrrrr pourquoi c'est une salope ?

Moi: parce qu'elle te fait les yeux doux. Mais ça va tu ne la vois même pas c'est moi ta chéri

Lui: ouii c'est toi ma chéri

Moi: je suis ton amoureuse

Lui: ouiii t'es mon amoureuse. C'est toi que j'aime et personne d'autre

Moi: je l'ai toujours su. Et tu sais moi aussi je t'aime

Lui: ça je l'ai toujours su

Moi : tu fais trop la grosse tête

On venait d'arriver dans mon quartier. Il s'est garé devant chez moi

Lui: c'est bon t'es chez toi

Moi : aah oui c'est vrai c'est chez moi.

On est descendu j'ai pris ma valise.

Moi: j'y vais

Lui: ramène la discretos et reviens un instant

Moi: d'accord.

J'ai déposé ma valise y'avait personne dans le séjour. Je l'ai ensuite rejoint dans sa voiture.

Moi : je suis la

Lui: viens!

Il a posé sa main sur ma joue et je me suis approché de lui pour l'embrasser.

Lui: on va quand chez moi?

Moi: t'as oublié que t'es un SDF

Lui: ferme la et dis moi

Moi: papa a dit que on dit pas ferme la à sa chéri, on lui dit....

Lui: c'est bon Kassay toi et tes "papa a dit". Je suis sûr que tu inventes la plus part de ce que tu es entrain de dire

Moi: * sourire* même pas

Lui: ouuais c'est ça

Moi: j'ai toujours aimé les hommes avec la barbe

Lui: abon?

Moi: ouiii exactement comme la tienne.

Lui: mdrrr bon on y va quand?

Moi: t'as pas dit ce que t'aime chez moi

Lui: j'aime tout chez toi

Moi: on y va quand tu veux

Lui: fait moi un bisou et vas y

Moi: viens la mon chéri.

Après le bisou qui s'est transformé en baiser je suis rentré chez moi.

Halima et Cherifa sont arrivées plutard.

Halima: racontes ce qui s'est passé avec De beau goss

Moi: on s'est embrassé

Elles: OOOOOOOOOH MY GOOOOOOOOOOOOOOOD QUOI D'AUTRES

Moi: bah il a dit qu'il est amoureux de moi *je leurs ai tout raconter* du coup maintenant on est ensemble

Chérifa: la chance

Halima: sérieux en plus d'être beau il est riche

Moi: c'est pas comme s'il était très riche.

Chérifa: t'es bête où quoi? Il est le directeur de l'hôpital de Niamey

Halima: il a un travail en France et aux États-Unis

Halima: la clinique *** est à lui

Moi: quoiiii? Elle est à lui?

Cherifa: t'as vu combien de personne se promener en G-wagon à Niamey

Halima : laisse la s'il te plait. On t'as pas dit que c'était le meilleur médecin du pays. Tout ça à à peine 25ans

Chérifa: j'ai entendu une histoire du genre y'a un gua qui est parti en consultation chez lui. Tu sais les médecins ils te font faire beaucoup de testes et tu dépenses beaucoup d'argent pour à la fin te dire que t'as rien

Moi: t'es médecin toi même chérie

Elle: on s'en fou... Bref donc Dr Insar a été sincère avec lui, il lui a dit qu'il a rien c'est juste des maux de tête. Le ga il a pas cru il a pris un billet pour Paris, il est parti on lui as dit leur spécialiste est en voyage de revenir dans deux mois. Il est rentré à Niamey, 2 mois plutard il est retourné en France. On lui dit le docteur est la, il rentre dans le bureau et il fait face à Dr Insar

Moi: nooon

Elle: siiii

Halima : putain même les billets d'avion c'est un truc

Chérifa : laisse

Moi: j'aimerais pas être à sa place.

Halima : non mais même la honte c'est un truc. Tu dis qu'il est incompétent tu vas en France, eux même ils disent leur spécialiste n'est pas la d'aller revenir tu reviens le trouver.

Moi: mdrrr

Chérifa : par contre fait attention plein de gens essayeront de vous séparer. Y'a beaucoup de filles en chien sur lui.

En ce moment ce que je devais craindre c'était pas du tout les filles. Je n'étais pas prête pour ce qui allait suivre bon Dieu.

Finalement j'ai beaucoup insisté pour que mon père me laisse y aller. J'ai dû mentir comme jamais et mon frère m'a aidé

***
Moi: Allô

Kaoucen: Tarhanine

Moi: ça veut dire quoi?

Lui: cherche

Moi: je demanderai quand on sera à Agadez

Kaoucen : ils ont accepté?

Moi: ouiii

Lui: on ira dans deux jours

Chapitre 14
Moi: pourquoi je vois pas d'arbres ici?

Kaoucen : parce que t'es au nord abruti

Moi: aah oui le désert par contre la poussière apparemment c'est votre oxygène.

Kaoucen : Kassay ferme la

Moi: je t'ai dit on dit pas ferme la à sa chérie

Lui: arhekam tarhanine ça te va?

Moi : arhe quoi?

Lui: on est au nord demande la traduction.

Moi: Comment je peux demander la traduction d'un truc que je peux même pas répété

Lui: arhekam

Moi: t'es obligé de parler dans ta gorge? J'ai l'impression que tu veux vomir

Lui: non sinon la romance disparaît

Moi: heiin?

Lui: mdrr

On était dans la voiture pour se rendre à l'hôtel. J'ai allumé la radio une chanson passait: Unité nationale

Moi: Bismallahi zamou houara   wakar unité nationale (Bismillahi on va commencer la chanson de l'unité Nationale)

Kaoucen: Nooon kaki houara (commence pas)

Je l'ai même pas écouter

Moi: Mousso zoumounta domin mou guina Niger, Zamou mou roki Allah ya sa Niger thickin kassacheh. Kassacheh da babou yaki, kassacheh da bassou roko ma sou arziki na kansou (Aimons nous afin de construire le Niger. Implorons Allah qu'il fasse du Niger un pays sans guerre, un pays sans dette et un pays dont la richesse nous appartient)

Kaoucen: tooh c'est vrai on est pas en guerre, par contre on est endetté, On a un sous sol très riche mais cette richesse nous appartient pas

Moi: malheureusement...

Kaoucen :....

Moi: jama'a dou mouganeh zoumounta kassa mou Niger Allah ne ya hada ta moutanin gabass da yamma, moutanin koudou da arewa (les gens comprenons tous que la fraternité dans notre pays le Niger c'est Dieu qui la permis. Les gens de l'Est et de l'ouest, les gens du nord et du sud...)

Quand j'ai dit Nord je l'ai direct regarder et lui m'a regarder quand on a parlé de l'ouest.

Moi: Albichirin kou in siyassa dan Allah à kama jouna démocratie tché a keh yi (Bonne nouvelle les politiciens s'il vous plait unissons nous on fait la démocratie)

Lui: quelle démocratie toi tu as vu démocratie ici?

Moi: c'est pour ça que vous avez fait la rébellion.

Lui: moi je suis pas un rebelle

Moi: vous êtes tous des rebelle

Lui: mais on s'est jamais attaqué à vous. Limite on vous protégeait

Moi: le faire aurait signifié rompre un pacte millénaire entre nos deux ethnies.

La rébellion touarègue est l'un des conflits ethno politique qu'ai jamais connu le Niger mais les touaregs ne se sont jamais attaqué aux sonrhay et aux zarma.

La radio et moi: la voix de la rébellion a sonné la paix au Niger. Ein Niger mourna moukeyi yanzou hankalin mou a kontché (Les nigériens on est heureux à présent nous avons l'esprit tranquille)

Lui: aah vous n'aviez pas l'esprit tranquil ?

Moi: baah non avant personne voulait venir à Agadez

Lui: mdrrr... c'est normal que vous ayez peur des guerriers

Moi et la radio: USTN anakiran kou (on vous appelle) les commerçants anakiran kou. En laccole anakiran kou (les étudiants on vous appelle) Matta anakiran kou (les femmes on vous appelle) les députés anakiran kou (on vous appelle) sojoji anakiran kou (les militaires on vous appelle)

Lui la radio et moi: TOUT LE MONDE AU TRAVAIL. kahin mou kareh waka mallaman kassah mou Niger kouyi tassagna addou'a Allah ya baywa Niger Albarka yalwa da haskeh (avant qu'on ne termine, les marabouts de notre pays faites des dou'a que Dieu gratifie le Niger de Bénédiction, de gloire et de lumière)

Kaoucen : on est arrivé.

Moi: t'as pas de famille ici?

Lui: si notre maison familiale est ici mais je préfère qu'on soit à l'hôtel.

Moi: d'accord.

On est descendu pour se rendre à la réception. Il a pris deux chambres en face l'une de l'autre.

On a pris les escaliers pour se rendre à nos chambres

Moi: je suis épuisée je crois que je vais dormir

Lui: moi aussi

Moi: j'imagine bien tu as conduit de Niamey à Agadez plus de 1000Km

Lui: ouaais viens.

Il m'a fait un bisous et chacun de nous a pris sa chambre.

*Dans la peau de Kaoucen

Demain je vais lui faire visiter le ville. Elle dit que c'est un désert mais elle verra que ce désert est une merveille.

Le matin je prend un bain et je vais la voire pour la réveillé. Je tape à sa porte elle répond pas. Je finis par entrer et la trouve à moitié par terre genre son corps est au sol et les pieds croisés, son pieds droit sur le lit et le gauche sur le droit. Elle avait son pouce dans sa bouche et le suçait. Elle avait les cheveux en pétards et portait une brassière et un short. J'ai remarquer qu'elle portait des ceinture de perles et qu'au niveau de son ventre elle avait des abdo. Je me demande où j'ai eu la force pour ne pas lui sauter dessus. Elle était tellement mignonne tellement innocente. Je lui ai encore pris une photo. Je me suis accroupi à son niveau pour la réveillé.

Moi: princesse.... Princesse réveilles toi!

Elle: mmmmm

Moi: tarhanine réveille toi...

Elle: j'arrive une minute

Moi: on doit aller à Timia réveille toi

Elle: d'accord....

Quand elle s'est réveillé et qu'elle m'a regardé. Elle s'est graté les yeux puis les a ouvert de nouveau. Elle m'a regardé puis m'a sauter dessus. Elle s'était agripper à moi et m'ettoufait presque

Elle: Bonjour babe

Moi: tu vas m'etouffer Kassay

Elle: Je t'aime beaucoup beaucoup beaucoup

Moi: oui moi aussi

Elle: toi aussi quoi?

Moi: je t'aime

Elle: comment ?

Moi: beaucoup beaucoup beaucoup, beaucoup plus que toi

Elle: yahouuuuu. De tout mon coeur trantan tantran avec mon cœur trantan tan tran

Moi: aaah nooon tu vas pas te mettre à chanter...

Elle: mais si écoute ma belle voix

Chapitre 15
Finalement on est sorti de l'hôtel vers 9 H après avoir manger. J'ai commencé par l'emmener à la mosquée d'Agadez

Elle: la mosquée d'Agadez hein?

Moi: ouiii c'est la base viens voir

Elle: on prit à l'intérieur ?

Moi : c'est une mosquée nooon

Elle: elle date de plusieurs siècles.

Moi: ouiii et elle en banco pourtant elle est intacte. Viens voir l'intérieur.

Elle: je dois avoué que c'est assez spécial

Moi: ouiii ça l'ait c'est le plus haut monument en banco du monde. Au fait demain c'est Bianou

Elle: la fête la que vous sortez dans les rues d'Agadez vous jouez de la musique, vous danser

Moi: mdrrr ouiii c'est à peu près ça

Elle: coooool j'irai pas

Moi: mdrrr si tu vas y aller pourquoi t'irai pas

Elle: je me sentirai exclue

Moi: sauf que t'es avec moi.

Elle: pffff

Moi: je vais pas te laisser comme ça

Elle: je sais que tu vas rentrer dans la foule danser

Moi: nooon c'est juste pour regarder.

Elle: d'accord

J'ai pris sa main on a continuer la visite on a visiter Agadez a pieds. On a parti où il y'a les dattiers

Elle: merde c'est plus bon que pour Niamey

Moi: ceux de Niamey c'est les fake ça tu vois directe je les ai cueilli pour toi et je connais les meilleurs

Elle: aaah ouiii la chance que j'ai.

Moi: baaah oui t'es chanceuse.

On a marché, marché. On a visiter la ville et tout ça puis on est retourner à l'hôtel prendre la voiture

Elle: on va où ?

Moi: Timia

Elle: Timia

Moi: je voudrai qu'on voit le couché du soleil c'est absolument magnifique

Elle: allons voir alors.

Dans la voiture elle regardait la ville à travers la vitre

Moi: qu'est-ce qu'il y'a?

Elle: je me demande comment on peut être comme ça ?

Moi: comment ?

Elle: touareg. sérieusement ça ne te démange pas d'être dans la peau d'un touareg

Je sens que je vais la balancer par la fenêtre celle la. Elle trouve toujours le moyen de se foutre de moi

Moi: et toi ça te démange pas d'être sonrhay.

Elle: ptdrrrrr maiiis ça fait un truc... Je sais pas tu te sens fier... Genre pour toi t'es le best et tout... Tu peux pas comprendre. Je te plains de ne pas être né Sonrhay

Elle parlait en faisant des mouvements avec sa main tu sens qu'elle était fière.

Moi: c'est bien. .

Elle: allez soit pas jaloux bébé

Moi: comment l'être alors que je suis votre boss

Elle: c'est ça oui . thuuuuurrrrs moi je suis pas d'accord avec ça

Moi: mdrrr acceptes le chéri.

Elle: attends je vais parler à cette femme

Moi: tu parles pas tamashek tu vas lui demander quoi?

Elle: baah je vais lui parler haoussa

Moi: c'est pas tout le monde qui comprend hausa ici

Elle: mais je fait comment alors ?

Moi: tu veux quoi?

Elle: la traduction de ce que tu m'a dit... Mmmm areké.... Tarha... Tarhaa... J'ai oublié

Moi: déjà c'est Arhekam pas araké tu sais pas ce que veut dire areke?

Elle: aaah ouiii la canne à sucre.

Moi : elle est pas sérieuse celle la

Elle: baaah donne moi la traduction

Moi: après

Elle: thuurrrsss

Nous arrivons à Timia vers 18H j'ai d'abord tenu à l'emmener voire la magnifique cascade d'eau de Timia
Kassay: oooh mon Dieu que c'est magnifique
Moi: tu vois que mon désert n'est pas comme tu le penses
Kassay: bien sûr que je le dis uniquement pour te taquiner Agadez n'est pas la première destination touristique du Niger pour rien. Je ne parle même pas encore des richesses minières de notre désert mais également de ses beaux paysages. Oui notre désert on est toujours au Niger tout de même et je suis Nigérienne
Moi: je suis content de te l'entendre dire.
Kassay: *sourire*
Vers 18H50 on prend le chemin pour aller ailleurs, dans quelques minutes ça sera le couché du soleil. On s'est posé quelques part elle a posé sa tête sur mon épaule

On a regardé le soleil se coucher

Elle : c'est très beau

Moi: ouiii

Elle:....

Moi: arhekam tarhanine

Elle : Arheki tarhanine

Moi: où t'as appris ça ?

Elle: j'ai demandé à ta soeur quand on était en route.

Moi: je croyais que tu pouvais pas répéter

Elle : ptdrrrr mais c'est toi qui a parler je lui ai envoyé un vocal pendant que tu parlais

Moi: la salope

Elle: que t'aime beaucoup beaucoup beaucoup

Moi: malgré moi.

En gros arhekam ça veut dire je t'aime quand c'est adressé à une fille et Arheki c'est je t'aime quand c'est adressé à un garçon. Et tarhanine veut dire mon amour.

Le désert la journée il fait extrêmement chaud mais quand la nuit commence à tomber il fait plus chaud au contraire il fait froid. Elle avait sa tête posé sur mon épaule et on parlait pas c'est comme ça qu'elle s'est endormi. Elle a commencé à avoir froid je l'ai ramené à la voiture j'ai pris une couverture derrière pour la couvrir.

Elle : de... De l'eau

Depuis qu'on est la elle boit beaucoup trop d'eau. C'est trop bizarre. J'ai pris une bouteille d'eau derrier pour qu'elle puisse étancher sa soif. Elle a refermer ses yeux juste après. On est rentré à l'hôtel et je l'ai ramené dans sa chambre.

*Dans la peau de Kassay

Aujourd'hui c'est la fête de Bianou. Après que je me sois réveillé je suis parti attendre Kaoucen à l'accueil. C'est pas il débarque avec ses habits traditionnel de touareg.

Moi : je savais que tu allais danser.

Lui: non c'est pour me fondre dans la foule

Moi : c'est ça ouiiii

On est sorti de l'hôtel sans la voiture. Partout il y'avait des gens habillé avec leur boubou la. Ils tapaient les tam- tam et criait. Le cris la que font les touareg, lui aussi dès qu'il a vu ça il a commencé à crier

Y'avait tout le monde dans les rues femmes, enfants, hommes tout. Y'en a qui sont habillés traditionnellement et tout y'en a qui sont habillés normale.

Il m'avait attrapé la main on marchait, ça se voyait qu'il était content mais à un moment il m'a lâché et est parti danser. Moi je regardais la scène quand j'avais commencé à avoir des vertiges et j'avais terriblement soif.

Moi: Kaou... Kaoucen

Il m'entendais pas il était complètement dans son éléments

Moi: de.. De l'eau .

Je ne sais pas à quel moment j'ai perdu l'équilibre et je suis tombé. Les gens ont commencé à crier. Mais ces gens la qui crient pour rien qui va comprendre qu'il y'a un problème. Mes paupières devenait lourdes puis Tout est devenu noir.

*Dans la peau de Kaoucen

J'étais entrain de danser en criant. J'étais tout à fait dans mon élément quand je tourne et je vois qu'un groupement s'est formé autour de quelqu'un. Certainement un malaise, je vais voir pour aider et qui je vois ?? Kassay qui s'est évanouie. J'ai poussé les autres pour passé

Moi: Kassay Kassay réveille toi qu'est-ce qui t'arrive

Une femme : emmener la à l'hôpital. Y'a un centre de santé juste la

Je l'ai prise pour l'emmener au centre de santé. Je ne savais même pas quoi faire puis je me suis rappeler qu'elle a tout le temps soif. Je lui ai donné de l'eau elle a commencé à tousser. Juste à ce moment mon téléphone sonne et c'est son frère

Moi: allô Hamza

Lui: ça va Kaoucen?

Moi: pas vraiment

Lui: c'est ma soeur ?

Moi: ouiii

Lui: ramène la vite à Niamey elle supporte pas le désert

Moi: comment?

Lui: c'est comme ça je sais pas c'est le vieux qui a dit. La bâ tu ne peux rien pour elle

Moi: d'accord.

Je suis direct rentré à l'hôtel avec elle. J'ai vite pris nos affaires, je me suis changé Et on est partie. Je roulais comme un fou. Arrivé à Abalack elle commence à parler

Elle: tchoukou (fromage nigérien)

Moi: t'es malade rentrons

Elle: non à Niamey je vais pas trouver ça

Moi: je vais demander à ce qu'on envoi

Elle: je... Je veux... Ça maintenant

J'ai été obligé d'aller à la gare pour lui prendre son tchoukou

Dès qu'on a quitter la région d'Agadez elle a commencé à reprendre comme par magie.

Elle: je veux de l'eau ....

Je me suis arrêté je lui ai pris une bouteille d'eau derrière qu'elle a but d'un trait on dirait qu'elle était déshydratée.

Arrivés à Tahoua elle a complètement récupéré

Moi: tu as récupéré?

Elle : ouiii

Moi: t'es déjà venu à Tahoua?

Elle: à Konni

Moi: aah bien

À dogon doutchi elle s'est arrêté à l'arrêt de bus pour prendre des arachides sucrés mais à Dosso elle a rien pris. De Dosso en passant par Kouré elle m'a obligé à m'arrêter pour regarder les girafes

Kassay: La chance aujourd'hui ils sont sorti.

On a quitter Agadez vers 16H. Pour atteindre Niamey c'est près de 18H de routes. On s'est même pas arrêté pour dormir, juste des pauses de 15mn pour manger. On est arrivé à Koure vers 9H. À 10H on était à Niamey

Chapitre 16
Dans la peau de Kaoucen

Moi: venez dans mon bureau

Toc toc

Moi: entrez

Secrétaire : oui Dr?

Moi: le patient **** demandez à Kassay de s'occuper des testes qu'on va lui effectué.

Elle: d'accord

Moi: je serai absent un instant dites lui de s'occuper de mes patients.

Elle: pas de problème.

*Narrateur externe

Après que Kaoucen soit parti. Kassay est arrivé

Kassay: bonjour

Secrétaire : bonjour

Kassay: Kaoucen est la ?

Elle : Dr Insar

Kassay: ouaais ouuuais bref

Elle: vous voulez quelques choses?

Kassay : je dois m'absenter aujourd'hui mon père est un peu souffrant je dois m'occuper de lui.

Secrétaire : pas de problème

Kassay : il est en consultation ? Je dois lui parler moi même...

Elle: il est en consultation vous ne pouvez pas le déranger. Allez y il sera la toute la journée il va s'occuper des patients je lui dirai que vous avez une urgence à la maison.

Kassay : d'accord merci

En gros elle cherche à créer des problèmes entre eux. Depuis le jour ou elle les a vu enlacé l'un a l'autre, elle déteste Kassay. Elle n'a jamais été insensible au charme de Kaoucen, seulement il ne la jamais remarqué . Elle a chercher une infirmière qui a fait les prises de sang au patient en question qu'elle a ramené au labo. Elle a ensuite déposé les résultats sur le bureau de Kaoucen. À chaque fois qu'il y'avait un problème avec les patient en neurologie elle cherchait soit un généraliste ou autre pour s'en occuper. Mais avec le patient ça a dérapé. En effet si Kassay avait vu les résultats elle aurait détecter sa maladie et aurai pris les précaution pour que les chauses ne s'aggravent pas.

La situation devenait critique et seule un neurologue pouvait s'en occuper

Chérifa: mais putain ou sont ces neurologues ?

Kassay étant occupé avec son père avait laissé son téléphone et ne s'en occupait pas. Elle ne pouvait donc pas voir tout les appels en absence. En ce qui concerne Kaoucen il avait oublié son téléphone sur lequel on pouvait le joindre en cas d'urgence à l'hôpital Heureusement qu'il avait décidé de retourner le chercher. Dès qu'il rentre dans l'hôpital les infirmiers et docteurs accourent vers lui et lui expliquent qu'il y'a une urgence.

Kaoucen : qu'est ce qui se passe?

Secrétaire : docteur....

Kaoucen : mais où est Kassay ?

Secrétaire : elle est partie

Kaoucen : je vais au bloc avant que je ne sorte je veux la voir à l'hôpital appelez la.

Il était énervé et se demandait ce qui lui est passé par la tête pour risquer la vie des patients comme ça. En sortant du bloc heureusement tout s'est bien passé, il appelle sa secrétaire....

Kaoucen : pourquoi elle n'est pas la

Elle: elle a dit qu'elle est en route

Kaoucen : vous ne lui avez pas transmis mon message

Elle: siii mais elle a refusé de m'écouter et à dit qu'elle avait autre choses à faire

Kaoucen: quoiiii?

Elle: ouiii c'est ce qu'elle a dit

Kaoucen: c'est bien sortez.

*Dans la peau de Kassay.

J'arrive à l'hôpital et je vais me changé. Je vais voir Kaoucen et y'a sa secrétaire qui me lance un de ses regards avec un sourire comme pour se foutre de moi

Moi: haai ifono? (Y'a quoi?)

Elle: haykoul (rien)

Je rentre et trouve Kaoucen avec une mine serrée. Oulaaa il a l'air fâché qu'est-ce que j'ai bien pu faire

Kaoucen : tu étais où ?

Moi: chez moi

Lui: chez toi? C'est laba l'hôpital?

Moi: been non quelle question

Lui: j'avais dit de t'occuper des patients je serai absent. Je t'ai demandé de t'occuper du patient**** exceptionnellement car son cas m'inquietait et toi tu dis que tu as autre chose à faire et tu rentres chez toi. Tu sais qu'on a faillit le perdre. Mais tu es quel genre de médecin à négliger les patient comme ça.

Moi: quoi? Quoi qu'est-ce qui s'est passé ?

Kaoucen : tu sais quoi sors de mon bureau. Ne crois pas que parce qu'on sort ensemble tu peux faire ce que tu veux. Moi on met pas la vie de mes patients en jeu

Moi: mais attends....

Lui: dehors j'ai dit

Je suis alors sorti lui laisser son bureau. Dehors j'ai trouvé sa secrétaire qui riait bêtement.

Moi: c'est pas ça qui va faire en sorte qu'il te remarque. T'es pathétique thuuuuuuuuuuuuuurrrrrsssss samo (idiote)

Son visage s'est vite de composé. Je préfère le laisser se calmer. Ça sert à rien de lui parler quand il est énervé, on va juste se disputer pour rien.

Je vais dans le dortoir dormir je suis de garde aujourd'hui.

*Dans la peau de Kaoucen

Moi: où est Kassay ?

Secrétaire : elle est rentré chez elle

Moi: mais elle est de garde aujourd'hui

Elle : ouiii. Je vais rentrer docteur

Mais qu'est-ce qui lui arrive à Kassay. J'ai passé la nuit à l'hôpital au cas où il y'aurai un problème. Je suis allé dormir au dortoir et j'ai vu l'autre dormir avec son pouce dans la bouche. Elle était même pas habillé, elle portait juste un short et une brassière. Elle est folle elle d'exposer ma propriété comme ça. Je tire le drap et la recouvre avec. Peut être qu'elle est revenu après. J'ai passé un long moment à l'observer dormir. Elle a l'air tellement innocente

Le matin j'étais dans mon bureau quand elle rentre

Kassay : bonjour

Moi: bonjour

Elle: euuh t'es calmé c'est bon ?

Moi: tu veux quoi ?

Elle: baaah hier

Moi: j'ai pas envie d'en parler dehors

Elle: pourquoi tu me mets à la porte comme ça ?

Moi: parce-que t'as vraiment merdé

Elle: maaiiiss....

Moi: écoutes j'ai pas envie de te parler c'est bon sors

Elle: comme tu veux Kaoucen

Quelques minutes après ma secrétaire me dis que j'ai de la visite. Encore Rakia

Rakia: salut mon chou

Moi: salut

Elle: t'as pas l'air de bonne humeur aujourd'hui

Moi: tu veux quoi ?

Elle: je... enfin tu vois tu me manquais

Moi: tu peux retourner d'où tu viens

Elle: Kaoucen qu'est-ce qui t'arrive?

Moi: pas tes affaires

Elle a contourné le bureau et s'est appuyé sur mon bureau. Elle s'est courbé pour m'embrasser en essayant de me retirer elle a forcé. J'ai fini par me retirer d'elle avant que je parle

...: eeuh désolé de vous déranger docteur on vous attend au bloc

Moi: Kassay... Attend

Avant que je finisse elle est partie merde...

Moi: dégage Rakia je ne veux plus te voir

Elle: maaiiis....

Moi : dégage j'ai dit je ne veux pas te voir.

Je l'ai chassé de mon bureau et je suis parti à la recherche de Kassay.

Je la charchais partout dans l'hôpital en vain. Faut que j'aille au bloc de toute les façons elle sera là...
Je viens au bloc elle n'y est pas j'attends un peu pas l'ombre de Kassay

Moi: elle est où Kassay

Une infirmière : elle ne vient pas

Moi: quoi?

Elle: elle a dit qu'elle n'est pas apte à pratiquer une opération avec vous.

Moi: bien commençons.

Dans la peau de Kassay

Moi: il se fou de ma gueule c'est sur

Chérifa: nooon tu sais pas ce qui s'est passé

Halima: elle a vu de ses propres yeux non

Moi: il me connaît pas ce docteur à la pacotille. Non je t'aime chaque instant je pense à toi je ne vois que toi dans mes rêves *en l'imitant* Imbécile

Halima: il arrive par la

Moi: kippez. Le captez pas

Kaoucen : Kassay il faut qu'on parle

Moi: vous voulez quelque chose docteur ?

Lui: pourquoi tu me vouvoie?

Moi: parce que vous êtes mon supérieur

Lui: arrêtes ça Kassay

Moi:

Lui: viens dans mon bureau

Moi: j'ai pas envie

Lui: j'ai dit tu viens

Cherifa: vas y. Comme ça t'auras une explication.

Je le suis dans son bureau. Il s'assoie je reste debout

Lui: assieds-toi

Moi: je suis bien ici. Je ne suis pas venu taper la causete avec vous parlez que je rentre chez moi.

Lui: me vouvoies pas Kassay

Moi: pourquoi ?

Lui: parce que toi tu es mon amoureuse tu t'en souviens?

Moi: c'est pour ça que vous avez embrasser l'autre.

Il s'est levé et est venu vers moi. Moi je gardais mon kippe. Il s'est mis devant moi et m'a regardé avant de mettre sa main sur mon dos et me tirer vers lui jusqu'à ce que nos corps soient plaqué l'un contre l'autre

Kaoucen : je vais te montrer comment on embrasse son amoureuse.

Avant que je ne réponde il m'avait embrasser. Il allait sauvagement puis lentement moi je lui répondais

...: Docteur......

Il m'a lâché et s'est tourné vers elle

Lui: pourquoi vous rentrer sans taper on vous a dit ici c'est le grand marché ?

Elle: excusez je....

Lui: dehors...

Elle a vite débarrasser le planché.

Moi: j'y vais

Lui: attend tarhanine...

Moi: qu'est-ce qu'il y'a

Lui: c'est elle qui m'a embrassé pas moi et je me suis retiré d'elle et...et je l'ai chassé.

Moi: d'accord...

Lui: tu me crois ?

Moi: ouiii

Lui: alors pourquoi tu es froide?

Moi : pourquoi tu m'as accusé la dernière fois d'avoir été négligente

Lui: j'avais dit à ma secrétaire de te dire de t'occuper des patients je ne serai pas la de la journée elle m'a dit que tu as refusé et tu es rentré chez toi.

Moi: je suis venu lui dire que je veux rentrer chez moi. Mon père est malade elle, elle m'a dit que tu as dit que tu ne bougeras pas de la journée. Je voulais te parler en personne elle a dit que tu étais en consultation.

Lui: mais je n'ai pas eu de consultation ce jour la

Elle : pourtant....

Lui: attends je vais régler ça.

Il a pris le fixe et l'a appelé.

Lui: dans mon bureau

Directe elle rentre même pas 5sec

Lui: c'est bon je n'ai plus besoin de vos services

Elle: mais docteur...

Lui: déjà pourquoi vous mettez mes patients en danger ?

Moi: mdrrr t'es aveugle où quoi? Elle a flashé sur toi

Lui: bref c'est son problème ramasser vos affaires

Elle est sorti toute honteuse

Moi: mdrrr pourquoi t'as besoin de secrétaire même ?

Lui: j'ai un emploie du temps chargé entre la clinique, l'hôpital, la France, les états unis

Moi: aaah ouii c'est vrai

Lui : Kassay

Moi: ouiii

Lui: épouses moi

Krkrkrta POUM POUM. Scrrrrraaa karkata POUM

Chapitre 17
#*Flashback*

Papa: ma fille pas de touareg chez nous

Moi: pourquoi papa?

Lui: c'est comme ça depuis des siècles

#*fin de flashback*

Putain je n'avais pas réalisé que ça serait un problème et maintenant je lui dis quoi?

....: Oooh Kassay t'as entendu ?

Moi: je... Ma famille

Kaoucen: ta famille quoi?

Moi: mon père m'a dit que dans notre famille depuis des siècles on épouse pas les touaregs

Kaoucen: et alors ?

Moi: comment ça et alors ?

Kaoucen : moi tu crois je vais aller dire à mon père j'ai trouvé une sonrhay la je veux l'épouser, il va me dire c'est bien mon fils?

Moi:....

Lui: nooon depuis mon enfance on a choisit ma femme elle est laba à Agadez elle attend que je vienne la récupérer. Il n'accepteront même pas que je me marie avec une autre qu'une touareg ça c'est clair

Moi: tu vois c'est ça le problème on est tout les deux issus des deux ethnies les plus éthnocentristes du pays

Lui: et tu penses que cela doit nous arrêter? Dis moi Kassay m'aimes tu vraiment?

Moi: mais ouiii

Lui: as tu déjà penser à te marier avec moi?

Moi: mais....

Lui: alors moi j'étais là entrain de me dire qu'elle m'aime mais noon tu te payais ma tête. Pour toi c'est une relation de deux jours c'est ça. Juste pour t'amuser

Moi: dis pas ça Kaoucen

Lui: tu veux que je dise quoi Kassay

Moi :.....

Lui: siii tu m'aimes comme tu le dis tu te battra pour qu'on soit ensemble à la fin.

Moi: je ne sais pas si on peut avoir une fin heureuse

Lui: ça, ça dépend de nous.

Moi: je peux rentrer ?

Lui: pourquoi ?

Moi: J'étais de garde la nuit.... Si tu n'auras pas besoin de moi je vais y aller

Lui: au revoir.

Je crois qu'il est énervé il s'est assis sur son fauteuil et s'est tourné vers la fenêtre de dos à moi

Moi: je....

Lui: tu es toujours là ?

Je me suis avancé vers lui et je me suis mise devant lui. Je me suis accroupi à son niveau je l'ai regardé, il me regardait droit dans les yeux. Ses yeux marons m'intimident fort. Il est vraiment beau avec une barbe à la bonne taille et sa coiffure lui vas à ravir. Ce qui est bizarre c'est qui a pas les cheveux bouclés comme ses semblable. J'ai posé ma main sur sa joue il continuait à me regarder.

Kaoucen : mon amour est à sens unique c'est ça?

Moi : nooon ne dis pas ça. Je t'aime moi

Lui: c'est vrai ?

Moi: je te le jure Kaoaucen, je te le jure mes sentiments pour toi sont sincères.

Lui: alors tu veux m'épouser

Moi: ouiii. Je vais parler à mon frère et ma soeur pour qu'ils me soutiennent

Lui: pour ton frère je m'en charge

Moi: d'accord je vais chez Zeynab on va voir ce qu'elle dira.

Lui: la nuit je parlerai à ton frère

Moi: j'y vais trésor

Je lui ai fait un bisous. Un bisous simple de quelques seconde.

Kaoucen : je t'aime tarhanine (mon amour)

Moi: moi aussi je t'aime

***

Boubé(mon beau frère): qu'est-ce qui t'arrive la sorcière ?

Moi: je veux me marier

Lui: aaaahahahahahahaahahahaha. Tu as trouver quelqu'un qui veux de toi?

Moi: je.. Je... Ouiii

Ma sœur : ahan c'est qui?

Moi: Kaoucen

Boubé: attends tu veux te marier avec un touareg ?

Zeynab : tu sais que ça sera compliqué ?

Boubé : ta famille ne l'acceptera pas. La sienne ne t'acceptera pas

Moi: mais si moi je l'accepte et que lui il m'accepte

Zeynab : Eh bah   Kassay vous allez devoir vous battre si vous voulez qu'on vous laisse vous marier. Parce que papa est très a cheval sur ses histoires de tradition

Boubé : je suis sur on lui déjà réservé une femme chez lui. Ils sont comme ça dès l'enfance on te choisit ton époux.

Moi: il me l'a dit

Zeynab : attend où tu l'a connu

Moi: Dr Insar le directeur de l'hôpital

Boubé : attend le neurochirurgien ? c'est pas le meilleur médecin du pays ?

Moi: oui oui pour certains

Zeynab: c'est lui qui t'a soigné quand tu avais la tumeur

Moi : ouiii

Elle: moi je te soutiendrai

Boubé : on te soutiendra dans tout les cas c'est bête toutes ces traditions, ces pactes. Vos ancêtres ont signé des pactes. Est ce qu'ils ont demandé votre avis.

Après eux je suis allé voir les filles

Chérifa: vous allez vous expliquer et il te demande en mariage

Moi: mdrrr

Chérifa: c'est comme ça que les demandes en mariage tombent ? C'est chaud hein

Halima: vous allez faire comment?

Moi: se battre

Samira: bonne chance wAllah

Moi: merci

Halima: je sens que vous avez un long chemin.

*Dans la peau de Kaoucen

Moi: allô

Aboubacar: ouii ?

Moi: je viens chez toi aujourd'hui

Aboubacar: tu veux un truc toi

Moi : mdrrr je te dirai

Après ça j'appelle Hamza

Moi: allô

Hamza: ouiii

Moi: on peut se retrouver chez Aboubacar

Hamza: quand?

Moi: j'y vais de ce pat

Hamza: d'accord

***

Aboubacar : alors ?

Moi: on attend Hamza d'abord

Aboubacar : ça a l'air sérieux

Moi: ça l'est

30mn 1H 2H 3H Hamza n'est pas là.

Aboubacar : il lui arrive quoi ?

Moi: je vais l'appeler.

Moi: allô on t'attends là t'es où ?

Hamza : les darons m'ont mis dans des courses pas possible la il m'ont envoyé jusqu'à Aéroport

Moi: aaah moi je dois retourner à l'hôpital

Lui: alors demain.

Moi: ouiii demain. Il faut vraiment qu'on parle c'est important.

Lui: d'accord

Aboubacar : qu'est-ce qu'il y'a ?

Moi: je veux épouser sa sœur

Aboubacar : Kassay

Moi: ouiii

Lui: oooh putain avec ta tronche sa famille va pas t'accepter et la tienne ne l'acceptera pas non plus. Et ta femme d'Agadez

Moi: je n'ai que faire d'elle. C'est Kassay que je veux

Lui: tu veux me dire que t'es amoureux ?

Moi: je le suis.

Lui: Oh my God

Moi: mdrrr quoi ?

Lui: genre toi qui tombe amoureux

Moi: ouiii moi.

Lui: vous sortez ensemble là ?

Moi : ouiii

Lui: depuis quand ?

Moi: Miami

Lui: donc Agadez c'est ?

Moi: un voyage en amoureux si on peut dire

Lui: tu l'as... Je veux dire vous avez....

Moi: ken? Non

Lui: comment ça noon

Moi: je ne vais pas te mentir je suis attiré par elle. Mais je l'aime aussi ça c'est sûr.

Lui: mmmmm

Moi: et puis c'est la soeur de Hamza. Mon niveau de bâtardise n'a pas atteint laba.

Aboubacar : t'es conscient que ça va être difficile. Son frère avait une copine touareg mais il a cassé avec elle à cause de leurs histoire de pacte la

Moi: on sera l'exception à la règle

Après l'hôpital je suis rentré chez moi. Pas ma maison mais celle de mes parents. Parfois je dors laba

Arfaah: grand frère...

Moi: ça va?

Elle: ouiii et toi?

Moi: bien papa est là

Elle: ouiii

Moi: d'accord

Elle: comment va Kassay

Moi : bien vous parlez par message non?

Elle: ouii. Tu m'avais pas dit que vous sortez ensemble

Moi: on va bientôt se marier

Elle: quoi et Ghaicha? (La cousine du village)

Moi: je vais pas l'épouser c'est ce que je suis venu dire à papa

...: me dire quoi?

Moi: il faut qu'on parle

Papa: de quoi ?

Moi: on va dans ton bureau ?

Lui: allons.

Une fois dans son bureau j'ai pris place après lui

Papa: qu'est-ce qu'il y'a Kaoucen ?

Moi: c'est à propos de Ghaicha

Lui: ta femme? Elle vient dans 3jours et on va scellé le mariage à son arrivé.

Moi: qu'elle reste parce que je ne veux pas l'épouser.

Lui: quoi? Tu es malade

Moi: dit ce que tu veux mais je ne l'épouse pas. Ma femme c'est Kassay.

Alors la j'ai rien compris il a tout renversé. OK je comprend que ça le dérange que je refuse Ghaicha mais pas au point de tout renversé. Il est monté à un niveau d'énervement que j'ai jamais vu.

Moi: qu'est-ce qui t'arrive ?

Lui: TU ES COMPLÈTEMENT MALADE KAOUCEN. KASSAY ET KAOUCEN C'EST IMPOSSIBLE

moi: c'est possible car je vais l'épouser. C'est ma femme

Lui: VOTRE AMOUR EST IMPOSSIBLE COMPREND LE

Moi: noon je refuse eeeh tu sais pas comment je l'aime. C'est ma femme, ma Kassay à moi.

Lui: c'est une abomination.

Moi : c'est de l'amour. Je rentre chez moi. Tout celui qui décide d'être l'ennemi de notre amour sera forcé de m'entendre. Quoi qu'il arrive elle sera à moi

Je me suis levé et j'ai quitté la maison afin de me rendre chez moi.

*Dans la peau de Kassay

On avait pas grand chose à faire à l'hôpital aujourd'hui tout avait l'air calme.

Kaoucen: viens on va quelques part

Moi: où?

Lui: viens voir

Je suis allé me changé. J'ai enlevé ma tenue de médecin et je suis venu le trouver il s'était aussi changé.

Lui: on y va?

Moi: ouiii

Il m'a pris la main on est sorti. On était dans le parking de l'hôpital il n'y avait personne. Il allait m'ouvrir la portière quand il l'a refermé. Il s'est rapproché de moi et m'a caressé le visage du bout des doigts tout en me regardant droit dans les yeux

Moi: qu'est-ce qu'il y'a?

Lui: rien je voulais juste...

Il avait pas terminé sa phrase, il m'a directe embrassé. J'ai mis mes bras autour de son cou et lui avait les mains sur mes hanches. Il m'a rapproché d'avantage de lui. On étaient en pleine action quand....

...: KASSAY QU'EST CE QUE TU FAIS?

Cette voix je la reconnaîtrai parmi mille c'est celle de mon père je suis dans de beau draps. Je m'étais rapidement détaché de Kaoucen. En une fraction de seconde mon père était devant nous. Il m'a pris violemment le bras pour m'éloigner de Kaoucen et m'a envoyé une de ses gifle tellement violente que je suis tombé par terre.

Kaoucen : Monsieur ça va pas

Il m'a pris la main pour me relever

Mon père : lâcher ma fille.

Kaoucen : noon je la lâche pas si c'est pour que vous la maltraitiez

Moi: Kaoucen laisse

Mon: Kaou....quoi? Kaoucen ?

On l'a regardé tout les deux sans rien comprendre.

Mon père : c'est une abomination. C'est pas possible. Kassay suis moi.

Il m'a pris le bras voulant m'éloigner de lui. Mais Kaoucen n'était pas du même avis. Il a maintenu mon bras dans sa main

Mon père : lâchez ma fille

Kaoucen : certainement pas

Moi: Kaoucen s'il te plait laisse

Kaoucen : j'ai dit non je te laisse pas avec lui

Moi: de grâce.....

Il a fini par me laisser partir avec mon père. C'était la le début des problèmes.

Chapitre 18

Mon père : tu es malade? C'est ça ? Dis moi que tu es malade

Ma mère : mais laisse la

Moi je ne faisait que pleurer. Pleurer et pleurer je ne savais plus quoi faire. Ça s'annonce mal putain.

Moi: pourquoi tu ne l'accepte pas *pleure*

Lui: c'est juste impossible. Tu ne sais pas ce qui peut arrivé si toi et lui restez ensemble

Moi: maiiis quoi?

Lui: un grand malheur

Ma mère : il n'arrivera rien

Moi: alors pourquoi vous refusez

Mon père est sorti en claquant bien fort la porte, ma mère s'est posé à côté de moi

Ma mère : ma fille

Moi: ouiii

Elle: tu sais vos deux ethnies entretienne de bonnes relations et on ne veut jamais qu'il y'ait des problèmes entre un touareg et un sonrhay

Moi: ouiii je sais mais un mariage en quoi c'est un problème

Elle: quoi qu'il arrive il y'aura un problème entre un homme et sa femme. La vie de ménage c'est pas toujours rose.

Moi: mais c'est pas juste et si on s'aime

Elle: alors vous devez vous oublier. Tu retombera amoureuse.

Moi: c'est impossible. Maman y'a bien des sonrhay qui se marient avec des touareg

Elle: oublie ça ma chéri.   C'est dans votre famille

...: Kassay qu'est ce que papa raconte. Kaoucen et toi ?

Moi: il a dit qu'il allait te parler

Hamza: ouii il m'a appelé hier mais j'ai eu un empêchement. On est censé se voir aujourd'hui.

Moi: je... Lui et .... Lui et moi....

Hamza: j'espère que c'est une blague

Moi: pourquoi ?

Lui: parce que j'accepte pas votre relation

Moi: toi aussi? Mais c'est quoi votre problème à vous opposé à nôtre union.

Hamza : m'énerve pas Kassay

Moi: sinon quoi?

Il allait m'attaquer quand ma mère l'a retenu.

*Dans la peau de Kaoucen

Depuis je l'appelle sans réponse. Ils vont me l'enlever je le sais. Je vais appeler son frère

Moi: allô Hamza....

Hamza : je t'attends chez Aboubacar

Moi: d'accord

Il a l'air très remonté. Je crois qu'il sait et je sens que ça lui plait pas mais je m'en fou. Dans tout les cas j'ai pas l'intention d'abandonner

Quelques minutes plus tard j'arrive chez Aboubacar

Moi: Salam aleykoum

Aboubacar: Aleykoum Salam

Moi: il t'arrive quoi? Tu répond même pas à mon salam

Hamza: je croyais qu'on était amis

Moi: oui c'est quoi le problème ?

Hamza : ma soeur tu sors avec elle

Moi: on va se marier

Lui: *rires* tu le crois toi ? que vous allez vous marier.

Moi: ouii on va se marier

Hamza : maaais alors t'es complètement stupide....

Moi: m'insulte pas Hamza

Lui: et tu veux quoi? Toi tu pense qu'avec ta tronche de bouzou tu va epouser ma sœur ? Pour l'emmener où ? Dans ton désert?

Moi: l'amour n'a pas de couleur

Lui: mais tu t'entends parler? Je te connais tu es attiré par elle mais....

Moi: je l'aime

Lui: mais t'es malade

Aboubacar : c'est bon? Hamza c'est quoi ton problème ils s'aiment c'est quoi le soucis.

Hamza : ma famille l'acceptera pas. À ton avis pourquoi j'ai cassé avec Arfaah.

Moi: quelle Arfaah?

Aboubacar : heee merde

C'est à ce moment que je me suis souvenu que ma sœur à une époque pleurait tout le temps. Elle refusait de m'en parler mais je savais que c'était des histoires de cœur

Moi: enfoiré

Alors la c'est parti vite. J'ai sauté sur lui cet imbécile a fait pleurer ma sœur. Aboubacar essayait de nous séparer mais en vain. Cet abruti a touché ma soeur, elle a pleurer pour lui. Je lui envoyait des coups, il se défendait aussi mais moi faut pas toucher ma famille surtout ma sœur. Je deviens quelqu'un d'autres. Tantôt je suis sur lui, tantôt je me retrouve en haut et lui en bas, dans tout les cas c'est moi qui domine. on se battait tout les deux pour deux fous. Moi pour celle que j'aime et ma soeur et lui pour sa sœur... Aboubacar a fini par nous séparer

Moi: tu oses venir me parler alors que toi tu as donné de faux espoirs à ma soeur. Si tu savais que tu n'allais pas affronter ta famille pourquoi l'avoir fréquenté pour ensuite la laisser.

Lui: et toi alors ?

Moi: sauf que moi pour ta soeur je vais me battre. Que ce soit contre ta famille, ou la mienne. Je me mettrais le monde à dos pour elle. Espèce de lâche. Tu ne mérite pas d'être appelé Maïga.

J'ai quitté la maison car une minute de plus et j'allais lui sauter dessus à nouveau

*Dans la peau de Hamza

Aboubacar : ça va?

Moi: nooon. Je suis sur qu'il a touché ma soeur. Il l'a souillée.

Aboubacar : noon il est vraiment sincère. Il l'a pas touché par amour et par respect pour elle et pour votre amitié.

Moi: je... Sa sœur je ne voulais pas la blesser

Aboubacar : je sais. Soutiens ta soeur ne lui tourne pas le dos.

Il a raison je suis un lâche. Je ne mérite pas qu'on m'appelle Maïga. Sa sœur c'est... C'est la seule fille qui m'a fait ressentir des trucs. Finalement je me suis tiré de chez Aboubacar. Sur la route je pensais à Arfaah à nos moments passé. Quand on marchait ensemble main dans la main dans son quartier. Nos rendez vous et tout. J'aurai peut être pas dû entamer cette relation si je n'avais pas assez de couilles pour tenir tête à mon père. Je me suis garé sur le côté, j'ai pris mon tel et j'ai composé son num je le connais comme mon nom. Elle a répondu à la 3em sonnerie

Arfaah: Allô

Sa voix... Ce son m'avait manquer...

Moi: Arfaah

Arfaah: Hamza?

Mou: c'est moi

Tit..tit...tit.... Elle a raccroché, fallait s'y attendre.

J'ai démarré ma voiture et j'ai continué mon chemin.

*Dans la peau de Kassay
Le matin je me suis levé après la prière et tout je me suis préparer pour aller à l'hôpital.

Moi: j'y vais

Mon père : tu penses aller où comme ça ?

Moi: à l'hôpital

Hamza : c'est fini. Si c'est pour séduire le directeur de l'hôpital

Ma mère : Hamza...

Lui: quoi? C'est fini tout ça

Moi: tu t'entends parler ? C'est fini l'hôpital donc moi j'ai bossé comme une folle durant toute ces années pour que vous arretiez tout au dernier moment ?

Ma mère : Koda (la benjamine) va dans ta chambre

Moi: Dieu vous voie. Vous dites avoir abandonné les enciennes pratiques à cause de l'islam mais vous vous tromper. Parce que Dieu n'a pas empêché notre union.

Mon père : c'est à moi que tu vas apprendre l'islam

Moi: prend le comme tu veux père.

J'ai quitté le salon pour ma chambre. Je ne supporte plus de les voir. Je me suis enfermé j'y arrive plus. Il m'ont pris mon tel et m'empêche de le voir.

*Dans la peau de Kaoucen

J'étais à l'hôpital depuis un instant j'espère qu'il ne vont pas lui empêcher de revenir.
Les heures passent et pas l'ombre de Kassay et son tel ne répond pas. Faut que je vois son amie. Elle pourra m'aider. J'ai appelé ma nouvelle secrétaire

Moi: appeler moi Dr Balla

Elle: D'accord Docteur

Elle est revenu quelque seconde plutard avec Chérifa

Elle: bonjour docteur

Moi: Bonjour désolé de te déranger mais tu sais ce qui se passe avec Kassay

Elle: ses parents ont pris son tel et lui empêchent de revenir ici.

Moi: pardon et son travail

Elle: il vont l'envoyer au CHU

Moi: c'est ce qu'on Véra.

J'ai enlever ma blouse, j'ai pris mes clefs de voiture s'ils pensent que je vais me laisser faire.

****

Moi: Salam Aleykoum

Sa mère : Aleykoum Salam

Je crois qu'elle est la seule présente.

Moi: je veux voir Kassay

Elle: mon garçon c'est plus possible

Moi: nooon en fait je dois la voir

Elle: son père veut pas

Moi: moi je veux

Elle a réfléchi un instant et m'a dit de patienter. Quelques instant plus tard Kassay est venu au salon. Je me suis vite mis debout en la voyant. Elle était dans un mauvais état. Ses yeux était gonflés, ses cheveux en pétard. On pouvait voir les traces de larmes séchés sur ses joues. Elle ne se tenait plus droite elle était courbé. Elle regardait en bas, elle savait pas que c'était moi. Ils sont vraiment cruels, comment peut on faire ça à son enfant elle n'est plus que l'ombre d'elle même.

Moi: Tarhanine

Elle a levé sa tête à l'Entente de ma voix et sur son visage triste s'est affiché un sourire en me voyant. Elle a couru vers moi et m'a serrer fort contre elle. Ses larmes n'avait pas tardé à couler et mouillé ma chemise.

Elle: mon chéri

Moi: je suis la princesse pleure pas.

Elle : je.. Je .... Tu... Tu es mon amoureux

Moi: ouiii.

Elle: ils veulent nous séparer

Moi: impossible

Elle: j'ai peur de te perdre. J'ai peur d'une vie où tu sera pas mon amoureux

Moi: je serai toujours ton amoureux.

Elle: je t'aime Kaoucen

Moi: moi aussi je t'aime Kassay

...: alors tu es venu jusqu'ici.

C'était son frère accompagné Aboubacar

Moi: j'irai n'importe où pour elle

Hamza: que c'est romantique, mais vous deux tu peux oublier

Moi: je ne suis pas toi moi. Je ne suis pas lâche

Il m'a sauter dessus et on s'est remis à se battre jusqu'à ce que sa mère intervienne. Kassay pleurait, je crois que ces derniers temps elle ne fait que ça. Elle est venu vers moi direct

Kassay : vas y Kaoucen

Moi: j'irai nulle part sans toi

Kassay: s'il te plait Kaoucen *pleures*

Alors là on a rien vu venir son frère lui envoyé une gifle elle s'est retrouver par terre. Je me suis précipité pour la relever. Elle se tenait la joue en pleurant

Moi: c'est bon pleure pas

Elle: vas y Kaoucen

Moi: pas avant de l'avoir fait regretter.

J'ai attrapé Hamza par le cou et je l'ai plaqué contre le mur en l'étranglant

Moi: donc toi tu penses que tu vas la gifler devant moi

Lui: c'est... C'est ma soeur

Moi: je m'en fou...

Je resserrais son cou j'étais comme possédé. Aboubacar essayait de nous séparer mais impossible. En entendant les hoquetements de Kassay je l'ai laissé. Il est tombé par terre en toussant et en se tenant le cou.

Moi: pleure plus tarhanine

Elle: vas y Kaoucen. Toi et moi c'est pas prêt de se terminer. Jusqu'à mon dernier souffle je n'aimerais que toi.

Chapitre 19

Les jours ont passé et elle a complètement disparu. Je l'ai chercher partout, aucun signe. Même ses amis ne savent pas où elle est. Le seul qui sait où elle se trouve c'est son imbécile de frère. Putain je deviens fou.

Arfaah: mais où peut elle être?

Moi: il vont pas réussir. Je vais la chercher partout. Partout je vais retrouver Kassay.

Arfaah: et papa qui est complètement sur les nerfs ces derniers temps

...: Kaoucen viens la

Je l'ai suivi dans son bureau.

Moi: ouiiii.

Mon père: la fille la j'espère que tu l'as oublié

Moi: ben non comment ça l'oublier

Lui: Kaoucen tu dois l'oublier

Moi: nooon je veux pas et je peux pas

Lui: mais je t'ai choisi une belle femme. Ghaicha est très belle

Moi: sauf qu'elle sera jamais comme Kassay

Lui: tu veux quoi à la fin

Moi: Kassay

Lui: je vais te déshérité si tu ne la laisse pas

Moi: me déshérité ? Moi mais vas y. Actuellement je vis avec ton argent peut être ? Tu oublies avec qui tu parles. Peut être même que j'en ai plus que toi. C'est toi qui a acheté ma maison? Où tu as acheté ma voiture.

Lui: tu n'est qu'un directeur

Moi : de l'hôpital national de Niamey. J'ai une clinique. J'ai un job en Europe et en Amérique. Je suis neurochirurgien et on est pas nombreux aux pays.

Mon père : sors de mon bureau

Moi: je rentre chez moi.

*Dans la peau de Hamza

Boubé (beau frère) : c'est pas bien ce que vous faites

Zeynab : ta soeur a besoin de toi et toi tu l'a laisse tomber

Moi: mais vous voulez quoi?

Boubé : toi aussi tu aimes sa sœur non?

Zeynab : bâts toi pour elle et aide ta sœur à se battre. Elle a besoin d'être heureuse

Boubé : Tant que l'islam permet leur mariage vous n'avez pas le droit de l'interdire.

Je réfléchissait un instant. Mon père dit qu'ils ont complètement abandonné les anciennes pratiques alors pourquoi il reste accroché à celle ci.

Moi : je vais voir Arfaah

Boubé : vas y

J'ai pris ma voiture et je suis directe parti la voir. Devant chez elle je l'ai appelé elle a répondu au deuxième appel.

Moi: raccroche pas s'il te plait

Arfaah : tu veux quoi Hamza

Moi: je suis devant chez toi sors s'il te plait.

5mn plus tard elle sort et rentre dans ma voiture

Elle: je suis là

Moi: je veux te dire que.... Je... Je...

Elle: tu quoi?

Moi: je t'aime

Elle: ça sert à rien de me le dire si c'est pour me dire après que t'étais pas sincère et que tu voulais juste t'amuser.

Moi: si je t'ai dit ça c'est pour t'éloigner car ce qui nous empêche d'être ensemble c'est... C'est....

Elle: quoi?

Moi : c'est comme Kassay et Kaoucen

Elle: sauf que Kaoucen il veut pas l'abandonner

Moi: je veux t'épouser

*Dans la peau de Kaoucen

Je viens de sortir du bloc opératoire. Pour la première fois depuis que je suis chirurgien j'ai perdu un patient. J'ai perdu un patient. Une première défaite. Je n'arrive même plus à bien faire mon travail. Faut vraiment que je la retrouve. Je vais démissionner, j'ai assez pour qu'on vive paisiblement loin de tous.

...: Docteur vous avez de la visite

Moi: je ne veux voir personne.

Secrétaire : il dit que c'est important

....: C'est à propos de Kassay

Moi: Hamza?

Lui: tu viens on va la chercher ?

*Dans la peau de Kassay
Après ce qui s'est passé quand mon père est rentré, Hamza lui a tout dit et il a pété un câble. Il m'a frappé ma mère s'est interposé et il l'a elle même frappé ce que j'avais jamais vu. Il a fallu que Hamza l'arrête il était comme dans un second état. Il a alors pris la décision de m'envoyer à Karma mon village. Je passe mes journées au bord du fleuve en compagnie des serpents et des Caillements

Aujourd'hui encore au réveil j'ai pris place dans la grande cours et j'ai pris le petit déjeuner. Après j'ai un peu aider pour les travaux ménagers. Je vis dans la solitude complète. Je pense à lui nuit et jours mon Kaoucen. Notre rencontre et comment on se supportait pas au début. Puis ce baiser le premier qu'il m'a donné, quand il m'a dit "je t'aime Kassay". Kaoucen je l'aime vraiment, Je l'aime et ça jusqu'à mon dernier souffle.

Je ne sais pas pourquoi les sorciers du village quand il me voient ils tremblent comme si j'allai leur faire quelques choses. J'ai pris de l'argent chez mon oncle aujourd'hui et je suis parti chez le boutiquiers. Sur la route pendant que je partais un homme venait vers moi avec des gris gris et des cornes de vaches.

L'homme: j'ai entendu dire qu'il y'avait une fille dont tout le monde a peur. Je suis le grand sorcier de Karma, qu'elle se montre.

Arrivé à mon niveau il criait en se frappant la poitrine moi je le regardait avec incompréhension. Dès que son regard a croisé le mien il a commencé à trembler comme une feuille

Moi: banii ? (tout vas bien?)

Lui: je.... Je suis désolé grande......

Il a couru le laisser la moi je comprenait que dal. J'ai haussé les épaules en signe d'incompréhension et j'ai continuer mon chemin.

Arrivé chez le boutiquiers y'avait beaucoup de monde mais il se sont mis derrière moi pour me laisser passer. Je vous dis je les comprend pas.

Moi: je veux appelé

Lui: tiens le téléphone

J'ai pris j'ai composé le numéro de Kaoucen je veux entendre sa voix. Mon Kaoucen

Moi: allô

Lui: Kassay c'est toi

Moi: ouiii c'est moi. Tu vas bien?

Lui: ouiii ma chéri on sera de nouveau réunis tu verra

Moi: mdrrrr j'avais pas eu de l'argent pour passer l'appel mais maintenant mon oncle m'a donné

Lui: je sais. Je t'aime Kassay

Moi: je t'aime aussi Kaoucen

En entendant Kaoucen, les gens autour de moi ont poussé des cris de détresse

Une femme: AKANDIR GUA BONÉ (elle nous a amené le malheur)

Moi: haai ifono? (toi la y'a quoi?)

En croisant mon regard elle s'est vite cassé. Eeh moi je les comprend vraiment pas.

J'ai continuer mon chemin vers le fleuve. Une fois laba je me suis installé sur le sable et quelques instant plus tard les caillements et les serpents sont sortis de l'eau et se sont posé à côté de moi. C'est toujours ainsi, au début j'avais peur mais maintenant j'ai l'habitude. Ils me font rien il se pose juste à mes côtés. Je sais que je suis pas normale comme personne. J'ai quelques choses d'autres mais je sais pas quoi? J'ai jamais appris à nager, c'est inné en moi.

#Flashback
Je devais avoir 5ans quand je suis venu au village. J'ai accompagné mes cousines au fleuve puis elles m'ont tiré pour m'emmener jusqu'au fond. Je leur criait que je ne savais pas nager mais elles faisaient la sourde oreille. Elles ont plongé ma tête dans l'eau et c'est bizarre je ne me suis pas noyer. J'ai continuer la nage jusqu'au fond alors que c'était la première fois j'allais aussi loin dans l'eau. Elle me criait de revenir que c'était dangereux. Puis à un moment l'une d'entre elle a crier quand je me suis retourner y'avait un gros caillement qui avait ouvert sa gueule certainement pour m'avaler. Mais dès qu'il m'a vu il l'a fermé et est rentré sous l'eau.

#Fin du flashback
Depuis toujours je le sais je ne suis pas normale mais j'ai l'impression que c'est une histoire assez longue. Mon père en sait quelques choses mais refuse de parler.

*Dans la peau de Kaoucen
Je viens d'arriver à son village avec son frère. On nous indique qu'elle est au bord du fleuve, Hamza et moi on s'y rend

Hamza : tu verras quelques chose de bizarre, restes tranquille elle a toujours été comme ça.

Moi: quoi?

Lui: tu verras

En arrivant au fleuve je la vois en compagnie de serpents et caillement. Attendez elle est en compagnie de quoi??

Moi: Kassay

Elle s'est tourné pour me regarder et elle afficha un sourire sur son visage.

Elle: Kaoucen

D'un coups ses animaux de compagnie se sont dirigé vers moi voulant m'attaquer

Kassay: HAIIII

Je ne l'avais jamais entendu crier comme ça. Dès qu'elle a crier ils ont couru vers l'eau

Kassay : mon chéri

Elle a couru me serrer contre elle.

Elle : tu m'as énormément manqué

En fait je suis toujours sous le choc.

Moi: pourquoi ils étaient avec toi.

Elle: papa dit que c'est normale que c'est dans le sang.

Moi: mmmm des trucs mystique

Elle: moi même je comprend pas.

Moi: mmmmm

Elle: tu fais quoi ici?

Hamza : on est venu te chercher

Kassay : me chercher ?

Moi: tu viens à Niamey

Chapitre 20

Kaoucen : elle vient avec moi

Hamza : non arrête ça Kaoucen

Kaoucen: je ne la laisserai pas partir pour qu'on me l'enlève

Moi : laisse moi essayer de convaincre mon père

Kaoucen : on sait tout les deux qu'il acceptera pas

Moi: laisse moi essayer. Dans tout les cas moi c'est avec toi que je finirai. Si ce n'est pas toi ça ne sera personne

Durant tout le trajet Hamza et moi n'avons fait que le convaincre de me laisser chez mes parents mais sans succès. Finalement je lui ai dis que j'irai chez ma sœur et il a accepté.

*Dans la peau de Hamza

Je viens d'en finir avec l'histoire de Kassay pour l'instant. À présent je vais parler à mon père de Arfaah.

Moi: Bonsoir papa

Mon père : Hamza j'ai entendu dire que tu étais partie chercher ta sœur avec ce Kaoucen. Qu'est ce qui ne va pas avec toi?

Moi: ma sœur est entrain de souffrir pour rien. Dans l'islam celui qui est interdit à ma sœur c'est un mécréant. Kaoucen n'a jamais raté la prière et il la fait toujours en communauté. Kaoucen jeûne tout les jours de Ramadan. Qu'est-ce que tu veux de plus pour ta fille. Il a une situation financière stable.

Mon père : tu ne comprend rien

Moi: explique moi....

Lui: elle est où ta sœur ?

Moi: chez Zeynab

Lui: pourquoi elle vient pas ici?

Moi: parce que tu vas encore l'enfermer comme une vulgaire prisonnière. N'as tu pas pitié d'elle quand tu la vois. La lueur dans ses yeux a complètement disparu. Elle a perdu du poids. Elle a toujours les traces de larmes séchés sur sa joue. Et yeux sont toujours gonflés. Depuis que tu la séparer de lui elle va mal.

Lui : crois tu que ça me fait plaisir de la voir ainsi. C'est ma koda, ma petite dernière. Mais j'ai pas le choix. Leur histoire d'amour est maudite.

Moi: comment maudite....

Lui: rien... Je vais la chercher, laba il peuvent se voir

Moi : attends n'y va pas.

Il était déjà sorti. Il est monté dans sa voiture et a démarré j'ai pris la mienne. Au bout de quelques minutes on arrive chez ma sœur.

*Dans la peau de Kassay

....: KASSAY MAN NIGUO (OÙ EST TU?)

Moi: *apeurée* Zeynab il est venu me chercher

J'avais attrapé son bras auquel je me suis accroché comme si ma vie en dépendait. Je tremblais de tout mon corps. Il va m'emmener avec lui.

Zeynab : calme toi. Il ne fera rien

Moi: sii tu le connais bien.

Zeynab : je vais aller voir. Elle a quitté la chambre pour se rendre au salon. Moi j'avais peur comme c'est pas permis. Il va me battre jusqu'à ce que je saigne. Je me suis approché du salon pour entendre leur conversation.

Papa: rends la moi.

Zeynab : je ne t'ai jamais dit non mais cette fois ci non papa je ne vais pas te la rendre.

Papa: ne me pousse pas à bou Zeynabou

Zeynab : papa elle a trouver refuge chez moi. Je ne vais pas te la livrer

Boubé : papa laissez la nous. On va s'en occuper

Papa: toi m'appelle pas papa j'aurai été ton père tu n'aurait pas encouragé ta femme à me désobéir

Zeynab : papa...

Lui: ferme la.. Zeynabou soit tu me rends ma fille, soit je te maudis

Zeynab: quoi?

Moi: c'est bon je suis là.

Boubé : nooon Kassay tu restes.

Moi: je ne pourrait pas supporter qu'il maudisse ma sœur à cause de moi.

Zeynab : non Kassay

Moi: c'est mieux ainsi..

Je n'avais pas terminer ma phrase qu'il m'avait attraper par les cheveux et entrainer dehors. Zeynab le suivait lui disant de me laisser mais il m'écouter. Hamza essayait de l'arrêter mais en vain. À un moment je ne sais pas ce qui s'est passé. Mes cheveux se sont enroulé autour de sa mains et l'ont serré. Il a commencé à crier. Moi je savais pas ce qui se passait. Il avait toujours sa main dans mes cheveux mais cette fois ci c'est ça mains la victime pas mes cheveux.

Lui: lâche moi Kassay

Moi: c'est toi qui m'a attrapé.

Il a fini par se détacher de moi tout le monde nous regardait. Moi je savais pas ce qui est arrivé mais lui n'avait pas l'air choqué. Il m'a jeter dans la voiture avant de démarrer. Arrivé à la maison il m'a trainé jusqu'à ma chambre qu'il a refermé derrière lui.

Quelques instant plus tard il revient avec la ceinture et commence à me battre. Il a fermé la porte derrière lui pour que personne ne l'arrête. Même quelqu'un qui se trouvait en dehors du continent africain pouvait entendre mes cris tellement ils étaient fort. Je pleurais, le suppliait de me laisser mais il était comme possédé. Quand il a fini, Il est sorti et ma mère est rentré direct en pleurant, moi j'étais en sang ma chemise blanche avait rougi.

Ma mère : ma petite

Moi: me touche pas

Elle: *pleures*

Elle a essayé de me soigner mais à quoi bon. Le soir il est revenu et m'a tabassé de nouveau. Ma mère m'apportait à manger mais comment manger en ce moment je me foutais de tout ça. La 3em fois qu'il me frappait je ne bougeait pas je restais sur place sans crier je le regardait droit dans les yeux pendant qu'il me détruisait ce qui l'enervait encore plus. Je ne pensais qu'a Kaoucen. Mon amour pour lui, c'est à cause de cette amour que je subis tout ça. Puis je me pose la question est ce que ça en vaut la peine et j'imagine une vie sans lui et je me rends alors compte qu'elle me serait invivable. Quand il a fini de me tabasser il m'a dit...

Mon père : Tu vas oublier ce garçon et très vite. Mr Chitou va t'epouser dans une semaine. Et plus jamais tu ne reparlera de ce Kaoucen

Mr Chitou. Mr Chitou est un homme d'à peu près 60ans qui est un riche commerçant. Depuis mes 18ans il disait vouloir m'épouser mais mon père avait été catégorique. Je ne me marierai pas avec lui. Mais je vois qu'a présent les chauses ont changé. Il est près à me donner en mariage à une homme qui est plus âgé que lui pour m'éloigner de Kaoucen.

Moi: tu sais seul Dieu peut te pardonner. C'est lui ya Gaffour, ya Afouww. Car moi tu vois jamais, au grand jamais je ne te pardonnerai Seyni

Lui: tu m'appelle par mon nom en plus ?

Moi: tu veux que je t'appelle comment? Regarde comment tu me traite comme un vulgaire animal. Tu me donnes en mariage à quelqu'un de plus vieux que toi. Et tu veux que je t'appelle comment ? Papa?

Il allait me frapper à nouveau quand sa main fut arrêtée dans son élan c'était Hamza

Hamza : ça va tu ne vas plus la retoucher quitte a te battre avec moi.

Papa : c'est à moi que tu parles comme ça ?

Hamza : c'est à Kassay que tu fais ça ? Regarde la un peu. Regarde comment elle est.

Il m'a prise dans ses bras. J'avais mal partout. Dès qu'on me touche ma peau me brûle et il m'a ramené à sa chambre.

Hamza : ça va ma chéri il te touchera plus.

Moi: je veux Kaoucen

Lui: s'il te vois comme ça. Ça va barder, il va se battre avec papa. Il peut le tuer, tu sais Kaoucen a une force surhumaine c'est pour ça qu'il se bat rarement. La dernière fois qu'on s'est battu il s'est retenu de fou malade malgré ça j'en ai payé le prix fort.

Moi: pourquoi papa m'a fait ça ?

Hamza : je ne sais pas Kassay

Chapitre 21

*Dans la peau de Kaoucen

Après l'avoir déposé chez sa sœur j'ai passé un peu de temps avec elle. Avant de retourner à l'hôpital, j'ai déjà posé ma démission. Alors que je m'apprêtais à aller voir Kassay le soir. Je reçoit la visite du ministre de Santé.

Ministre : Bonsoir Dr Insar

Moi: bonsoir Mr le ministre

Ministre : j'ai reçu votre démission mais on peut pas l'accepter

Moi: comment?

Lui: vous êtes le meilleur médecin du pays, ça doit être vous le directeur de l'hôpital

Moi: je ne peux plus.

Lui: vous savez qu'on avait instauré une nouvelle règle. Si vous travaillé ailleurs vous perdez votre emploi à l'hôpital

Moi: ouiii

Lui : et pourtant nous avons fermé les yeux sur votre cas parce qu'on avait besoin de vous

Moi: J'ai les main tremblante je ne peux plus continuer à opérer la dernière fois j'ai perdu un patient ce qui ne m'est jamais arrivé

Lui: il est impossible qu'on ne perde pas de patient en chirurgie, surtout que celle que vous pratiquez est la plus compliqué. La neurochirurgie est celle qui enregistre le plus d'échecs

Moi: je ne peux plus monsieur le ministre. Je vous trouverai un autre neurologue avant de quitter l'hôpital

Il finit par accepté que je m'en aille. Le soir je suis allé chez la sœur de Kassay la voir. Elle m'a dit qu'elle dormait c'est vrai qu'il est tard. Le soir avant d'aller chez moi je passe chez mes parents. Je viens trouver ma belle mère entrain d'insulter Arfaah

Moi: d'où tu insulte ma sœur ?

Belle-mère : toi aussi t'es un impoli. Tout les enfants d'Azarah (ma mère) sont du n'importe quoi ?

J'avais serré les point j'étais au summum de l'énervement ma mère. Elle ose parler de ma mère alors qu'elle nous a quitter quand on était jeune. Je ne peux la frapper quand je suis énervé. Un seul cou et elle rentre dans le coma à vie. Moi je ne peux pas mais Arfaah ne s'est pas faite prier. Croyez pas je vais la retenir non non...

Arfaah: plus jamais tu parles de ma mère salle sorcière.

Elle parlait tout en la frappant. Elle avait le dessus sur elle. Je sentais dans sa voix qu'elle était énervé. Mon père est surgit de nul part voulant les séparer mais je l'ai retenu

Moi: laisse les. Elle a parlé de ta Azarah

Les années ont passé depuis la mort de ma mère mais mon père l'aime toujours il a toujours sa photo dans son bureau. Et il a une autre dans son porte feuille, chaque matin au réveil la première chose qu'il regarde c'est sa photo. Et ma mère c'est son point faible, il a été obligé d'épouser cette femme parce que Arfaah était très jeune et qu'il fallait s'occuper d'elle, seulement lui ne pouvait pas.
Pris d'une colère noire c'est lui qui arrache ma belle-mère des mains d'Arfaah et l'a tabassé lui même. Selon lui personne n'a le droit de parler de ma mère. Après qu'il en ai fini avec elle. Il s'est tourné vers moi

Mon père : toi tu fais quoi ici?

Moi: je suis venu voir ma sœur

Lui: tant que tu n'oubliera pas cette Kassay. Tu n'entrera plus chez moi.

Moi: aaah nooon. Ici c'est chez mon père personne n'a le droit de m'empêcher d'y entrer. Si ça te dérange va chez ton père.

Mon père : c'est à moi que tu parles comme ça

Moi: pardon père mais c'est toi la tu veux m'empêcher de rentrer chez toi.

Il est parti me laisser, je crois qu'il en pouvait plus de se disputer avec moi. Avant mon père et moi étions très proche mais depuis l'histoire avec Kassay il a complètement changé.

Moi: pourquoi elle t'insultait.

Arfaah : parce que j'ai refusé de laver ses habits

Moi: elle est folle si elle pense que ma sœur c'est sa boniche. Avec toutes les servantes qu'il y'a ici c'est à toi de laver ses habits

Arfaah : laisse celle la. Vieille sorcière

Moi: mdrrr

Arfaah : comment ça va avec Kassay.

Moi: il l'ont emmené à Karma son village pour l'éloigner de moi. Mais Hamza m'a dit où elle se trouvait et on est partie la chercher ensemble.

Arfaah : Hamza?

Moi: oui, il a changé bizarrement. Pourquoi tu ne m'as pas dit que tu pleurais pour lui

Arfaah: comme ça.

Moi: l'autre fois on s'est battu pour toi. Parce que j'ai appris ce qu'il t'a fait

Arfaah : fallait pas.

Moi: si. Il le fallait, personne ne blesse ma sœur. T'es la seule en qui je peux avoir confiance. Je sais que s'il m'arrive un truc et que j'ai des enfants tu en prendra soin

Elle: ouiiii

Moi: alors tu vois personne ne touche à ma soeur chéri.

Arfaah : montre moi les photo que tu as de Kassay

Moi: aaah

Arfaah: quoi t'as pas de photo de ta copine ?

Moi: si attend

J'ai pris mon tel et chui rentrer dans la galerie, elle va me prendre pour un obsédé.

Arfaah : je crois que toute ta galerie c'est elle.

Moi:

Arfaah : pourquoi tu prend ses fesses à son insu

Moi : t'as pas vu ses fesses. Même toi tu l'a maté

Arfaah : j'avoue... Mais tu lui prend tout le temps des photos sans qu'elle te vois

Moi: aaah je ne peux résister elle est trop belle

Elle: mmmm... Ici elle rit aux éclats, elle a le même que toi

Moi : c'est juste les fossette

Elle: pas seulement.... Et la elle dort dans le dortoir de l'hôpital.... Ici elle mange.... La elle parle avec ses amies... Mais t'a pas de vie toi

Moi: c'est ça ouiii

Elle: oooh la c'est autres chose. Elle dort avec un pied sur le lit. Le reste du corps en bas et le pouce dans la bouche

Moi: elle dort toujours avec le pouce dans la douche

Elle: ici c'est vous deux. Ça doit être à Agadez

Moi: c'est quand je l'ai amené à Timia elle a posé sa tête sur mon épaule et s'est endormi

Elle: là c'est vous danser... Mais non vous danser pas vous ken. Tellement de sensualité dans vos mouvements. Aah ici elle t'a dit quelques choses et tu as posé tes mains sur sa taille pour la soulever

Moi : c'est la première fois qu'elle m'a dit je t'aime

Elle: oooh que c'est mignon

Elle: la elle va acheté quelques choses c'est pas Niamey

Moi: c'est quand on est partie à Agadez sur le chemin elle allait acheté des arachides sucrés. C'est à Doutchi

Elle : ici c'est la plage. C'est où ?

Moi: Miami, quand on est partie pour le boulot. Je suis parti lui acheté une glace elle regardait la mère.

Elle : t'es obsédé par elle

Moi: peut être.

Après avoir discuter avec ma soeur je suis allé voir mon père pour lui souhaiter bonne nuit avant de rentrer chez moi...

La nuit j'ai rêvé d'elle. Toutes les nuits je rêves d'elle depuis que je la connais mais ça c'est autres chose. D'habitude je rêve qu'elle est dans mes bras où qu'on fait l'amour ouaais je rêve de ça et le matin je me réveille avec la quéquette debout. Mais la j'ai rêvé qu'elle se faisait battre par son père, elle était en sang c'était juste horrible. Je me suis réveillé en sueur. Ma tâche de naissance dans le dos me brûlait. C'est bizarre, même ce soir vers 16H elle brûlait c'est la première fois que ça m'arrive. Je ne pouvais plus dormir, j'ai pris mon tel pour l'appeler quand on est revenu de Karma je suis allé lui chercher un téléphone au cas où. J'appelle ça sonne dans le vide. Je suis sorti du lit je me suis vite habillé j'ai pris mes clefs et je suis parti chez sa sœur. Je frappe à la porte personne ne vient m'ouvrir. J'ai passé la nuit devant leur maison, j'ai un mauvais pressentiment. Le matin je vois son beau frère sortir avec sa fille qui va à l'école, il l'y conduit sûrement. Je l'arrête pour lui demander où se trouve Kassay

Moi: où est Kassay ?

Lui: chez ma tante

Moi: comment chez ta tante?

Lui: si son père apprend qu'elle est plus au village. Le premier endroit où il viendra la chercher c'est ici. C'est pour ça que je l'ai amené loin.

Moi: j'ai rêvé hier que son père la tabassait. J'espère que tu me dis la vérité

Lui: ce n'est qu'un rêve. Kassay va bien

Moi : elle est où ta tante?

Lui: pas loin juste derrière la francophonie

Moi: viens me montrer

Lui: je dois emmené ma fille à l'école.

Moi: je laisse ma voiture ici et je te suis comme ça après...

Juste à ce moment je reçois un appel de Dr Sanoussi. C'est celui qui doit prendre ma place, je suis censé le présenter à l'hôpital aujourd'hui

Moi: allô

Dr Sanoussi: oui Docteur je vous attend depuis un bou de temps

Moi: j'arrive

J'ai raccroché et je me suis tourné vers Boubé

Moi : j'y vais si je reviens tu me montre

Lui: je vais au boulot. Sa sœur te montrera

Moi: d'accord.

Je me suis rendu à l'hôpital pour les présentation et tout. Après j'allais retourner chez Zeynab quand je reçois un appel de Hamza

Moi: allô

Lui: ouii j'ai dit à ma sœur et à son mari de te mentir parce que je te connais.

J'ai freiné sec...

Moi: attend je me gare.

Je me suis garé je suis sorti de ma voiture pour mieux comprendre

Moi : qu'est-ce que tu dis?

Lui: je sais comment tu es quand tu énervé. Si tu t'en prends à mon père tu vas le tuer

Moi: il a fait quoi?

Lui : viens chercher ta femme. Je te le dis maintenant parce que mon père a voyagé.

Arrivé chez elle. Je trouve deux de ses oncles dans le salon. Je vois des cola et des dattes je ne comprend rien. Puis sa mère m'appelle

Sa mère : on va scellé le mariage maintenant. Voici ses oncles j'ai réussi à les convaincre d'accorder sa main.

*Dans la peau de la mère

Je sais que si on les laisse comme ça. Il va la prendre et partir avec elle sans être marier. J'ai appelé ses oncles pour leur dire qu'ils est préférable qu'ils partent marié que sans l'être. Ils ne l'ont pas accepté mais ils savent qu'ils sont fort Kassay et Kaoucen et que leur histoire n'a pas commencé hier. Ils ont alors accepté le mariage à contre coeur.

*Dans la peau de Kaoucen
Le mariage a été scellé. Son frère m'a emmené la voir dans sa chambre.
Je ne sais pas quel mot employé pour décrire ce que j'avais devant moi. Je n'ai jamais été aussi en colère de toute ma vie.... Comment ils ont pu...

Chapitre 22
J'étais assise sur mon lit recroquevillé sur moi même la tête rivé au sol quand j'ai senti sa présence. Mon sourire est vite venu quand je l'ai vu.

Moi: Kaoucen

Lui : qui t'as fait ça?

Moi: c'est... C'est.. Pas important...

Lui: PARLE

Il avait foutu un cou dans le mur. Je n'avais jamais vu une tel force. Le mur s'est effondré s'il tape dans un autre mur la maison s'effondrera

Moi: laisse.. Laisse... C'est... C'est..

J'avais peur sa race. Il a attrapé Hamza par le col et la plaqué au mur.

Kaoucen : IL EST OÙ ?

Hamza : il est en voyage

Kaoucen : Le protège pas.

Il le frappait contre le mur. Mon pauvre grand frère, il lui a bousillé le dos... Il était en colère je ne l'avais jamais vu comme ça. Jamais je n'avais vu une telle force... On dirait pas un humain...

Moi: Kaoucen s'il te plait tu vas bousillé sa colonne vertébrale...

Kaoucen : je veux voir ton père... Il est où ? Qu'il vienne me dire pourquoi il a fait ça à ma Kassay

Moi: je... Je ... Kaoucen s'il te plait....

Il avait attrapé le cou de Hamza et commençait à l'étrangler, son regard avait complètement changé,Il avait la veine du front qui sortait. Hamza commençait déjà à perdre connaissance. Il l'a lâché et est sorti dehors en colère

Kaoucen : IL EST OÙ?

mon oncle : Soubhan'Allah il est en colère.

J'entendais des bruits dans le salon j'avais du mal à me levé. J'ai quand même essayé. Je m'appuyais sur le mur pour avancé arrivé au salon. Je trouve ma mère en pleurs, un de mes oncles à terre et l'autre en train de se faire démonté.

Moi: *pleure* Kaoucen arrête s'il te plait.

J'arrivais plus à tenir debout je me suis alors écroulé au sol... En entendant le bruit il s'est précipité vers moi. S'est assis sur le sol à côté de moi et a posé ma tête sur ses pieds

Kaoucen: tarhanine ça va? Pourquoi tu t'es levé ?

Moi: arrête de te battre

Lui : non

Moi: s'il te plait

Je lui caressait le visage il s'était calmé. Une larme a coulé sur sa joue droite

Kaoucen : il avait pas le droit de te faire ça....

Moi: c'est rien.

Lui: allons y.

Il m'a prise dans ses bras et allait sortir...

Moi: on va où ?

Lui: je t'emmène avec moi...

Moi: attends Kaoucen il faut que papa nous accepte...

Lui: je m'en fou

Ma mère : attends Kaoucen... Ne restez pas à Niamey

Lui: pourquoi ?

Ma mère : son père est le seul qui peut vous séparer

Kaoucen : personne ne peut

Elle: crois moi.... Il est le seul qui peut t'affronter. Vas y avec elle loin de Niamey et restez y.

Kaoucen : pourquoi ?

Elle: la tache dans ton dos c'est un lion....

Lui: comment vous...

Elle: son père craint quelques chose. Et toi tu vas pas laisser tomber. Il a pour mission de te tuer si tu t'obstines. S'il ne la pas fait c'est pour ton père car lui aussi devra tuer Kassay

Moi: qu'est-ce que tu dis?

Elle: allez loin...

Moi: mais...

Elle: allez y.

Il m'a emmené avec lui...

Moi: on va ou ?

Lui: Boubon

Moi: c'est pas loin

Lui: le temps que je prenne de l'argent à la banque. Il vont pas me donner une grande quantité aujourd'hui

Moi: je veux retourné chez mon père

Lui: tu es folle. Tu veux qu'il te tue?

Moi: c'est toi qui mourras si on reste ensemble

Lui: j'y crois pas

Moi: si tu y crois si non tu ne serait pas entrain de t'éloigner maintenant. Il m'a dit qu'on est des amants maudits

Lui: c'est faux. On aura une fin heureuse tu Véra on ira très loin dès que j'aurai récupérer mon argent...

Boubon c'est pas loin de Niamey. Au bout de 45mn on était arrivé. Il avait une belle maison laba et c'était éloigné on avait pas de voisin et c'était pas loin du fleuve. On peut l'apercevoir de la maison.

Il m'a prise et m'a ramené à l'intérieur. Il a voulu me toucher

Moi : me touche pas

Kaoucen : je.. Je ne peux pas te laisser avec lui....

Moi: il me faut l'approbation de mon père pour être heureuse

Lui: tu sais que tu ne l'aura jamais...

Moi: mais alors laisse moi et tu retrouvera l'amour

Lui: tu t'entends parler

Moi: ouiii on peut pas vivre comme ça. Caché et loin de tous....

Lui: je.. Je ne peux pas vivre sans toi... Kassay je ne peux pas

Moi: apprends

Lui : ne soit pas cruelle.

J'ai posé mes deux mains sur mon visage et j'ai laissé couler mes larmes.

Lui: pleure pas tarhanine *en voulant me toucher*

Moi: me touche pas

Lui: ça te passera je vais... Je... Je vais chercher de quoi désinfecter tes plait...

Il est partie revenir quelques minutes plus tard avec une trousse de secours

Lui: attends je vais te soigné *en voulant me toucher*

Moi: me touche pas j'ai dis.

Lui: tu ne peux pas rester comme ça...

Moi: MAIS LAISSE MOI TRANQUILLE QU'EST CE QUE TU COMPRENDS PAS?

Lui: je ne peux pas

Moi:....

Il a commencé à me déshabillé je l'ai retenue.

Moi: tu fais quoi?

Lui: quand je suis parti chez toi. On a d'abord scellé notre mariage avant que j'aille te voir

Moi : quoi?

Lui: on est marié Kassay. Tu m'appartient pour de bon.

Il m'a alors déshabillé. En regardant mon corps marqués par ces traces il s'est arrêté nette... Je sentais qu'il était en colère...

Kaoucen : si j'avais trouver ton père je l'aurai tué...

Moi: c'est mon père

Lui: je m'en fou. Il avait pas le droit de te faire ça.

Il m'a donné des comprimé avant de mettre l'alcool sur ma peau

Moi: c'est quoi?

Lui: c'est pour que tu ne sente pas la douleur... Tes plait sont profondes il ne t'a pas frappé une fois. Et ça à commencé à s'infecter. Je vais devoir frotter fort.

J'ai pris les comprimé et j'ai avalé. Il a alors commencé à me soigner.

Lui: il te faudra à peut près une semaine pour récupérer.

Moi: d'accord

Lui : je vais à Niamey te chercher à manger.

Moi : d'accord

Lui: tu veux quelques choses d'autres ?

Moi :....

Lui: j'y vais

Je ne lui ai pas répondu. Moi ce que je veux c'est que mon père nous accepte... Qu'on soit heureux avec l'accord de notre famille

Chapitre 23
2 semaines avaient passé et elle s'est rétabli. Elle me fait toujours la tête mais je ne vais jamais la ramener. J'ai appelé ma sœur qui m'a dit que le père de Kassay est comme fou. Et que mon père et lui sont à   notre recherches. J'attends juste que ses papiers soient en règles et on va vivre à Miami. On quittera définitivement le Niger.

Moi: viens manger j'ai fini.

Elle m'a juste lancé un regard avant de se lever. Elle dort dans une autre chambre et jusqu'à présent on a pas consommer le mariage.

Elle m'a suivi à la salle à manger sans parler. Et encore une fois le repas se faisait en silence.

Kassay : t'en a pas marre de vivre comme ça. Sans personne à qui parler.. Sans joie rien...

Moi: qui t'as dit que ça me dérange. Tu te trouve en face de moi

Kassay : mais t'es malade Kaoucen. J'en ai marre tu comprend ?

Elle avait tiré la nappe qui était sur la table et a renversé tout ce qui était dessus... Elle s'est même blessé.

Moi: tu t'es fais mal fais voir

Kassay: NOOOON MAIS FOU MOI LA PAIX

moi: non

Kassay: ramène moi chez moi. Libère moi

Moi: jamais

Kassay : ma mère a dit que si tu obstine tu vas mourir

Moi: alors je mourait car toi je ne te quitterai jamais.

Kassay : s'il te plait Kaoucen

*Dans la peau de Kassay

Kaoucen : n'insiste pas Kassay. Tu seras avec moi jusqu'à la fin. Dès que tes papiers seront réglés on ira à Miami pour toujours.

J'ai tellement peur qu'il lui arrive malheur. J'ai tout essayé pour qu'il me ramène mais c'est comme si je parlais à un sourd.

Kaoucen : Tarhanine *en passant sa main sur mon visage* Toi et moi on sera ensemble jusqu'à la fin.

Moi: je veux pas qu'il t'arrive malheur

Kaoucen : tant que je serai avec toi je serai heureux

Moi : si mon père t'attrape et qu'il... Qu'il...

Kaoucen : je mourait heureux. Car j'aurai connu l'amour le vrai

Moi: je ne supporterai pas de vivre sans toi. Si tu pars je te suis

Kaoucen : jamais Kassay. Tu ne t'en prendras pas à ta vie.

Moi: comment je pourrai sans toi

Kaoucen : alors on va faire ça. Je viendrai me blottir chaque nuit dans tes bras. Je ne te quitterai pas même mort

Moi: je ne veux pas l'imaginer.

Moi: alors je mourait car toi je ne te quitterai jamais.

Kassay : s'il te plait Kaoucen

*Dans la peau de Kassay

Kaoucen : n'insiste pas Kassay. Tu seras avec moi jusqu'à la fin. Dès que tes papiers seront réglés on ira à Miami pour toujours.

J'ai tellement peur qu'il lui arrive malheur. J'ai tout essayé pour qu'il me ramène mais c'est comme si je parlais à un sourd.

Kaoucen : Tarhanine *en passant sa main sur mon visage* Toi et moi on sera ensemble jusqu'à la fin.

Moi: je veux pas qu'il t'arrive malheur

Kaoucen : tant que je serai avec toi je serai heureux

Moi : si mon père t'attrape et qu'il... Qu'il...

Kaoucen : je mourait heureux. Car j'aurai connu l'amour le vrai

Moi: je ne supporterai pas de vivre sans toi. Si tu pars je te suis

Kaoucen : jamais Kassay. Tu ne t'en prendras pas à ta vie.

Moi: comment je pourrai sans toi

Kaoucen : alors on va faire ça. Je viendrai me blottir chaque nuit dans tes bras. Je ne te quitterai pas même mort

Moi: je ne veux pas l'imaginer.

Il s'approche doucement de moi et l'embrasse tendrement. Je le laisse faire et il m'a rapproché d'avantage de lui. Ses mains ont commencé à se balader sur mon corps. Je sentais son excitation.

Kaoucen : je te désire tant

Avant que je ne réponde il continua à m'embrasser. Il m'a pris et m'a ramené à la chambre où il m'a posé sur le lit. Il jouait de mon intimité avec ses doigts et me procurait un tel plaisir que j'en viens à gémir

Moi : muuummm

Lui: tu vois ce que tu as retardé ?

Moi: vas y.

Ses mains se baladant sur mon corps se sont attardé sur ma poitrine. Il m'a déshabillée en un claquement de doigt. Il s'est arrêté net après m'avoir entièrement déshabillé. J'étais à présent totalement nue devant lui. Il me regardait et avec le regard il analysait tout mon corps

Kaoucen : si on m'avait demander d'imaginer le corps de ma femme, je n'aurait jamais imaginé une telle merveille.

Je l'ai regardé avec un sourire et je me suis mordu la lèvre inférieur. J'ai posé mes mains sur son coup et je l'ai tiré

Moi: trêve de blabla chéri continue ce que tu as commencé.

Kaoucen : t'es une vraie coquine en vrai

Moi: que pour toi.

Il a repris ce qu'il avait commencé en m'embrassant. Puis sans que je m'y attende il entra en moi. Alors là j'ai poussé un de ses cris. J'ai attrapé les draps que je j'avais tiré pour faire passé ma douleur, car oui ça fait mal. Ça fait même très mal. Il s'est empresser de m'embrasser pour étouffer mon cris. Mes larmes coulaient, maman j'ai mal.

Après l'acte il s'est couché à côté de moi. On était tout les deux essoufflé.

Kaoucen : je n'ai jamais ressenti un trucs, c'est la première fois de ma vie j'ai fait l'amour

Moi : comment?

Lui: je l'ai fait avec celle que j'aime. Et je suis désolé que t'ai eu mal

Moi: mmm

Lui: viens

Il a posé ma tête sur son torse, il m'a serrer fort contre lui jusqu'au matin.

Après ça tout était normale. Kaoucen et moi vivons une belle vie et puis un matin il m'a annoncé quelques choses

Kaoucen : tu te souviens du jour ou je t'ai opérer. Juste avant l'opération je t'ai parler

Moi: ouiiii

Kaoucen : tu m'avais dit que tu n'était pas partie à la Mecque

Moi: ouiii

Lui: eeet bah prépare toi cette année on va faire le hadj

Moi : sérieusement ?

Lui : ouiii

Moi: yahouuuuuu

Je lui ai sauter dessus et je lui faisais pleins de bisous sur le visage

Moi: t'es le meilleur

Lui: je sais

Donc au moment du hadj Kaoucen et moi nous sommes rendus à la Mecque où on a fait notre pèlerinage. Nous avons également visiter la mosquée du prophète à Médine. Tout était parfait. Et après la Mecque il a proposé qu'on aille à Venise. Selon lui ça devait être notre lune de miel. Nous avons passé une agréable semaine la bâ aussi. Il n'a fait que me chouchouter et je me suis sentie aimée.

Ça fait près de 5 mois qu'on ai marié. Ça fait trois moi qu'on est rentré de Venise et jusqu'à présent les papiers ne sont pas en règles. Je me demande ce qui les retardent autant.

Depuis un instant je me sens pas très bien j'ai tout le temps des vertige et de la fièvre.

Kaoucen : viens on va dans ma salle de consultation

Moi: tu as une salle de consultation?

Kaoucen : ouiii c'est parce que tu n'a pas visité toute la maison.

Je l'ai suivi jusqu'à la dite salle. Alors je vous explique dans la dite salle y'a tout ce qu'il faut pour la médecine. Tout les appareil nécessaire pour la médecine. Le scanner, l'échographe et l'appareil radiologique. Il a même une salle d'opérations à l'intérieur c'est comme une sorte de petite chambre à l'intérieur. Il y'a même des défibrillateur et tout les appareil nécessaire en médecine vraiment tout. Et croyez moi ça coûte la peau des fesses même l'État a du mal à se les procurer

Moi: comment t'as.... Attend.... Ouaaahou

Kaoucen : mdrrrr c'est normale je suis médecin j'ai toujours rêvé d'avoir ça chez moi.

Lui: viens

Il m'a fait m'asseoir sur le lit et a appliquée le gel sur mon ventre avant de commencé l'échographie... Euuh qu'est-ce qu'il fait pourquoi il me fait une échographie ?

Moi: pourquoi tu me fait....

Kaoucen : chuuuttt écoute

C'est pas possible c'est des battements de cœur je regarde l'écran et j'ai vite compris que j'étais enceinte. Je l'ai regardé et il avait le sourire au lèvre. pour un neurochirurgien il se débrouille très bien en matière d'échographie. C'est vrai qu'on nous apprend tout les premières années de médecine. Mais voilà après quand on est concentré sur une seule chose on a tendance à oublier le reste.

Kaoucen : nous avons deux bébés en parfaite santé

Chapitre 24
Kassay et Kaoucen continuait leur petite vie à Boubon à l'abris de tous alors qu'a Niamey beaucoup de choses ont changé. Quand Seyni est rentré il était à deux doigts de répudier la mère de Kassay. Hamza s'est marié avec Arfaah. C'était pas facile mais leur parents n'ont pas montrer d'opposition à leur union

comme à celle de Kassay et Kaoucen. Zeynab ne va plus chez ses parents car
son père dit qu'il ne veut plus la revoir.
Alors que tout semble calme, il y'a un homme qui rumine de colère. Cherchant
Kaoucen et Kassay par tout les moyens. Cet homme n'a qu'un seul fantasme
Kassay. Elle l'obsède depuis son jeune âge et il ne veut qu'une chose en finir
avec Kaoucen. Il s'agit de M. Chitou.

*Dans la peau de Kaoucen

J'étais devant la piscine sur un transat et elle à l'intérieur. Je la regardait
nager elle portait un maillot 2 pièces. De sa poitrine généreuse à ses abdo qui
commence à ce tracer jusqu'à ses formes parfaitement dessiné je perds
complètement la tête. À chaque fois que je la regarde je n'ai envie que d'une
chose lui faire l'amour, encore et encore. On la fait partout dans cette maison
quand je dis partout c'est partout dans la salle à manger sur la table, dans la
salle de bain, dans le garage, dans le salon, sur le balcon...
J'étais dans mes pensées je n'avais pas remarqué qu'elle était sorti de l'eau et
qu'elle s'était assise sur moi. C'est quand j'ai senti son poids que j'ai compris

Kassay : tu penses à quoi?

*Dans la peau de Kassay
Le regard qu'il m'a lancé veut tout dire je sens ce qu'il veut. Il a posé ses mains
sur mes fesses à moitié dénudées et m'a rapproché d'avantage de lui, mes
mains étaient autour de son cou. Il a posé sa main dans mon cou et m'a
embrassé. Je sentais qu'il était chauffé, je la sens sa quéquette se durcir. Il
allait enlevé le haut de mon maillot quand j'ai tenté de me relevé mais il m'a
retenue, il a une telle force.

Kaoucen : tu ne vas nulle part

Il me regardait avec un petit sourire et m'a me caressait le visage. Mes cheveux
était lâché du coup il arrange tout le temps mes cheveux à fin de bien
m'observé.

Moi: laisse moi attaché mes cheveux

Lui: non tu es magnifique comme ça.

Moi :....

Il pose ses mains après sur mes seins qu'il commence à malaxer. Il sait l'effet
qu'il me fait c'est pour ça qu'il sourit à chaque fois

Moi: Kaou.. Kaoucen

Je ne me rendais même pas compte que je fermais les yeux en me mordant la lèvre inférieur

Kaoucen : ouiii

Moi: muuummm

Il se rapproche et me fais des bisous dans le cou en même temps qu'il a mes seins dans ses mains.

Moi: on va dans la piscine ?

Lui: c'est vrai qu'on la jamais fait dans la piscine.

Moi: tu ne penses qu'a ça

Lui: et toi alors?

Moi: j'avoue

Lui: je me suis marié à une petite dévergondée

Moi: c'est pas comme si ça te gênait

Je parlais en passant mes mains partout sur son corps. Il s'est levé avec moi sur lui et il est rentré dans la piscine. J'étais toujours colé à lui. Il m'a posé et je me suis retourner pour être de dos à lui. Il avait ses main autour de ma taille et par moment je bougeait mes fesses qui se trouve juste au niveau de sa quéquette. Ses mains sont montés jusqu'à ma poitrine.

Kaoucen : continue à me chauffer tu ne vas pas assumer

Moi: *rire*

Il m'a retourné, m'a rapproché de lui et m'a plaqué contre la paroie en vers de la piscine. la piscine est comme ça

Et ce jour la nous avons fait l'amour dans la piscine.

*Dans la peau de Kaoucen

Moi: Dans deux semaines on s'installera définitivement à Miami

Kassay : d'accord. Prend nous en photo

J'étais couché à côté de lui et j'avais ma tête sur son épaule. On a pris tout plein de photos c'est fou comme on forme un beau couple. Quand j'ai pris son tel pour rentrer dans la galerie j'étais sous le choc

Moi: Kaoucen c'est quoi ça ?

Kaoucen : toi mon amour

Alors je vous explique. Des centaines de photos voir des milliers de moi seulement. Quoi que je fasse il me prend en photo. Moi je savais même pas à quel moment il me prenait en photo.

Moi: t'es fou Kaoucen c'est quoi toute ces photos.

Lui: je suis fou amoureux de toi .

Il avait commencé à caresser ma cuisse complètement dénudée.

Moi: arrête...

Lui: noooon....

Moi: je vais te faire un massage si t'arrête

Lui: vas y.

Il s'est couché sur le ventre je me suis posé sur lui. Et j'ai commencé son massage

Lui: j'adore tes fesses bébé

Moi: mes fesses?

Lui: ouii tu es posé sur moi et la sensation de tes fesses nues sur ma peau haaa j'ai chaud

Je portais un short qui ne couvrai pas tout donc elles étaient pas couverte. Je me suis abaissé pour lui faire des bisous sur le dos et dans le cou. Je le sentais grogner il était excité et j'adore l'effet que je lui fait. J'ai commencé a redessiné ce truc qu'il a dans le dos avec mes doigts. C'est un lion...

Moi: à ton tour de me faire un massage

Il me retourna et notre séance de massage s'est tourné en séance de jambe en l'air

Chapitre 25

Moi: c'est le jour du marché aujourd'hui

Kaoucen : ouaais on est mercredi

Moi: on y va?

Kaoucen : ouuiii

J'étais déjà prête il s'est juste changé et on a pris la voiture pour y aller.
On a acheté beaucoup de choses. Des légumes, du poissons, des fruits tout.
Y'avait même du riz

Moi: on va prendre le riz?

Kaoucen : non le riz n'est pas facile à cuisiner.

Moi: c'est vrai que Riz du Niger n'est pas facile à cuisiner mais c'est plus bon que l'autre et je sais le cuisiner.

Lui : comment?

Moi: quoi c'est le riz qu'on cultive chez nous. Tu sais au bord du fleuve Niger. Aah vous avez un fleuve dans votre désert ?

Lui: ferme la kassay.

Moi: c'est mes jambes que je vais te fermer quand on rentrera

Lui: Tarhanine je parlais juste comme ça

Moi: uhumm c'est ça

Kaoucen : ma femme la plus belle

Moi: je t'écoute même pas

***

On était dans la voiture pour rentrer. Il avait sa main sur ma cuisse. Il essayait de trouver un chemin sous mon pagne....

Moi: ça va Kaoucen

Lui: non

Il s'est tourné pour me regarder....

Moi: regarde la route on va faire un accident...

Lui: j'ai une voiture dernier modèle. J'ai activé le pilote automatique

Moi :....

Il me caressait la cuisse et je commençait carrément à trembler.
Tout à coup on a entendu des coups de feux. Une voiture qui était sur la même route que nous nous avait tiré dessus et s'est cassé. Il ont touché Kaoucen. Mon Dieu je fais quoi moi. Il l'ont eu à la poitrine. Je tremblais j'avais peur

Moi : Kouacen Kaoucen ça va?

Lui: je pète la forme bébé. Évidemment que ça va pas.

Je tremblais j'étais dans tout mes états. Il a réussi à garer avec difficulté la voiture.

Moi: *affolé* mon amour tu as mal? Il t'ont blessé ?

Kaoucen : non j'ai un corps en fer. Évidemment qu'il m'ont blessé.

Moi : pourquoi tu cris pas. Tu grogne pas c'est comme si t'allais bien

Kaoucen : je suis un guerrier je ne me plains pas de la douleur.

Moi: mais pourquoi t'es pas entré à l'armée dans ce cas....

Kaoucen : Kassay c'est vraiment pas le moment. Prends la voiture je ne peux pas conduire

Moi: je... Je sais pas conduire

Lui: c'est une automatique putain on est pas loin de la maison.

Moi: je vais essayé. Papa m'a une fois montrer.

Je parlais en agitant mes mains. Je tremblais il a une balle dans le torse maman

Kaoucen : calme toi Kassay

Moi: *pleures* tu... Tu   as une balle dans le corps

Kaoucen : ça va aller calme toi

J'arrivais pas je tremblais de tout mon corps je pleurai. J'arrive à la maison et le fait descendre difficilement de la voiture.

Moi: on va dans ta salle je vais t'enlever ça.

C'était un vrai combat pour monter jusqu'à la salle. Je l'ai amené dans la pièce qui est comme un bloc la j'ai pris tout ce qu'il faut pour la lui retiré.

Moi: ou se trouve tes comprimé anesthésiant là ?

Lui: le placard la bâ.

C'était pas un petit placard non c'était grand avec beaucoup de médicaments on dirait une pharmacie. J'ai pris les comprimé et je lui ai donné. J'ai pris le matériel pour retiré la balle j'avais les mains tremblante et je continuais de pleurer. Il a posé ses mains sur les miennes.

Kaoucen : calme toi. Calme toi si tu veux réussir à la retirer

Moi: ouiii je vais me calmer.

Je me suis calmé peut à peut

Lui: c'est bon

Moi: ouiii.

Lui: vas y.

J'ai déboutonné sa chemise et je l'ai retiré et je lui ai fait des points de situres.

Moi: c'est bon

Lui: aide moi à me relever.

Je l'ai aidé et on est parti à la chambre.

Moi: installe toi je vais te préparer quelques choses.

Lui: d'accord.

Je suis partie à la cuisine j'ai pris le poisson qu'on avait acheté et j'ai préparer une sauce à base de silure. J'ai rangé le reste dans le frigo puis j'ai préparer le riz. En même temps j'ai préparer de la limonade avec une salade de fruits avec les fruit qu'on a acheté. Quand j'ai fini je lui ai ramener un plateau garni de nourriture

Moi: c'est bon essais de te relever.

Lui: d'accord.

Je lui ai posé le plateau sur les pieds et je me suis installé à côté de lui.

Moi: tu veux que je t'aide à manger ?

Lui: *rires* je peux manger Kassay.... C'est quoi?

Moi: c'est du poissons profites en y'en a pas désert.

Kaoucen : c'est bon Kassay....

Kaoucen:C'est bon tu sais cuisiner

Moi: ouii je cuisine bien

Lui: c'est ça ouiii

Moi: qui aurai pu nous tiré dessus

Lui: je sais pas mais je sais que c'est moi qu'on visait

Moi: c'est bizarre

Lui: ne t'inquiète pas dans une semaine on quitte le Niger

Moi: ouiiii

Je suis partie à la salle de bain prendre de quoi lui raser la barbe elle a pousser et elle est pas bien taillé.

Lui: tu compte faire quoi là ?

Moi: fini de manger et je te taille la barbe

Lui: certainement pas

Moi: regarde tu ressemble à rien comme ça.

Lui: alors comme ça je ressemble à rien

Moi: aller fini de manger. De toute les façons j'adore ta barbe je ne vais pas la raser complètement.

Quand il a fini j'ai descendu le plateau et je suis retourné à la chambre. Il était adossé à la tête du lit. Je me suis assise sur ses pieds et j'ai commencé à tailler sa barbe. Quand j'ai fini résultat était parfait.

Moi: t'es juste à tomber

Lui: comme d'hab

Moi: aah tu fais la grosse tête. Tourne toi je te fais une photo

Lui: comment ?

Moi: genre de profile

Moi: tu es à tomber mon chéri. Regarde moi ces lèvres pulpeuse rose mmm, ces yeux marron avec ses beaux sourcils bien tracé au dessus, ce nez droit... Aaah je perds la tête

Lui: ouaais chui un beau goss

Moi: et il a la grosse tête.

Lui: y'a de quoi hein et arrête de t'humecter les lèvre.

Je m'étais même pas rendu compte...

Moi: c'est toi la j'ai envie de t'embrasser

Lui: qu'est-ce qui te retient ?

Moi: aaah ouaaais c'est vrai

Ses mains qui était sur mes hanches sont descendus à mon fessier. Et je me suis approché pour l'embrasser

Chapitre 26

Moi : viens on marche un peu jusqu'au fleuve

Lui: non

Moi: pourquoi ?

Lui: pour que tes bêtes la m'attaque encore

Moi: il te feront rien.

Lui: non

Moi: allez s'il te plait

Lui : non j'irai pas

Moi: mais il te feront rien et on va péché.

Lui: non

Moi: allez mon mari le plus beau

Lui: redis le

Moi: mon mari le plus beau

Lui: allons y.

On a alors marcher un peu jusqu'au fleuve. On s'est assis au bord du fleuve et mes potos nous ont rejoint.

Kaoucen: tu gardes tes bêtes la loin de moi

Moi: t'inquiète pas.

Il se sont installé à côté de moi à gauche et lui était à ma droite

Kaoucen : regarde ils me regarde mal

Moi: mdrrr t'abuses.

Lui : ouuuaais c'est ça...

Moi: je vais aller pêcher.

Lui: avec quoi?

Moi: mes mains.

Il comprenait pas je crois. Je suis rentré dans l'eau je me suis arrêté juste la où l'eau m'arrivait au genoux et à ce moment les poissons se sont ramené. Il m'entourait en nageant quand j'ai mis ma main dans le fleuve un gros poisson est venu se mettre dans mes mains. Je l'ai pris et je l'ai ramené au seau que j'avais amené.

Moi: celui la suffira

Lui: il est gros quand même.

Moi: ouii

Lui: t'as pas l'impression que l'eau a beaucoup diminuer

Moi: c'est vrai

Lui: puis on est juillet il pleut toujours pas. L'hivernage est censé commencé depuis Mai

Moi: ouii c'est bizarre

Lui: j'espère qu'il n'y aura pas de famine cette année. Parce que sans pluie et sans eau dans le fleuve le pays ne tiendra pas

Moi: c'est vrai ça sera un problème

Lui: on peut y aller?

Moi: comme t'insiste.

J'ai pris le seau on est partie.

Arrivé à la maison je me suis mise au fourneau. C'était une carpe celui que j'ai attrapé. Y'a une variété de poisson qu'on mange pas dans ma famille on appelle ça dessi (Je sais pas comment on appelle ça en Français). Quand on était gamin et que Hamza l'a mangé y'a des trucs qui sont sortis sur son corps, il a fallu que mon père l'emmène au village pour qu'on le soigne. Quand j'ai fini j'ai dressé la table et nous avons manger.

*Narrateur externe.

Seyni(père de Kassay): il pleut toujours pas. Tant qu'ils seront ensemble il pleuvra pas et l'eau du fleuve va continuer à régressé.

Mohamed (père de Kaoucen) : il faut qu'on les retrouve si non il y'aura beaucoup de mort

Seyni: si elle donne naissance à l'Askia il poura tout changer

Mohamed : l'askia n'est pas le fils de Kaoucen mais de Djingarey

Seyni: on est dans deux beaux draap une chose est sur il sont toujours au Niger sinon tout irai bien.

Mohamed: comment t'as pu ne pas reconnaître Kaoucen à première vu.

Seyni: j'avais des doute mais on disait Dr Insar et non Kaoucen. Puis sa tache à lui est dans le dos alors que celle de ma fille est sur le bras tu peux facilement la reconnaitre.

Mohamed : en tout cas à présent si on les retrouve on sera obligé d'employer la manière forte

Seyni: en tout cas tu ne tuera pas ma fille.

Mohamed : mon fils non plus tu ne le tueras pas. Et c'est la sorcière c'est pas ta fille

Seyni: ce n'est pas non plus ton fils c'est la réincarnation du guerrier.

Mohamed : si seulement Djingarey aussi s'était réveillé a la même époque il aurai pu les séparer

Kassay et Kaoucen n'ont pas l'air de savoir que leur union est une vrai malédiction. La sécheresse, la famine, la mort et toutes sortes de malheur est à l'horizon si ils demeurent ensemble.

*Dans la peau de Kassay

Moi: j'ai fini de boucler les valises. On y va demain non?

Lui: ouii

Moi: je vais aller acheter des trucs à Niamey je reviens de suite.

Lui: fais attention y'a des chauffards sur la route.

Moi: t'inquiète pas.

Je lui ai fait un bisous et je suis parti. je l'aurai su je ne serai jamais partie. Je serai resté à côté de lui.

*Dans la peau de Kaoucen

Ça fait un bou de temps qu'elle est partie elle est juste aux environs de Koubiya elle n'ira pas loin. Je l'attendais dans notre chambre avec un papier et un stylo à la main. Je m'amusais à dessiner sur le papier. Puis je pense à nos bébé dans son ventre. Bientôt on sera à l'abris de tout ça loin de tous elle, nos enfants et moi.

J'étais entrain de dessiné son portrait sur la feuille quand tout a coup on ouvre brusquement la chambre et des hommes armés entre dans notre chambre.

Homme1: c'est fini pour toi

Moi: abon?

H2: Nous avons l'ordre de te tuer

Moi: un ordre de qui ?

H1: tu devrai savoir que y'a un homme assez puissant qui veut ta femme. Mr Chitou

Moi: dites à votre Mr Chitou, mort ou vivant Kassay n'aimera que Kaoucen.

H2: il recevra ton message

Moi: laissez moi lui écrire un mot à ma bien aimé.

J'ai tourné la feuille sur laquelle je dessinais et j'ai commencé à écrire une lettre pour elle.

Moi: aah ouii laisser moi écrire deux autres lettres.

H1: on te dois bien ça.

Moi: merci mec.

J'ai écris deux autres lettres pour nos enfants. Ma petite fille et mon fils. Elle est à 2 mois actuellement. Elle le sait pas mais je l'ai vu quand j'ai fait l'échographie c'est une fille et un garçon.

Moi: c'est bon j'ai fini.

*Dans la peau de Kassay.

En rentrant bizarrement les nuages se sont formés et il semble qu'il va pleuvoir. Dès que je suis rentré dans la maison, c'est comme si on avait posé une pierre sur mon coeur. J'avais un mauvais pressentiment Kaoucen.... J'ai couru à la chambre et je l'ai trouvé dans une marre de sang.

Moi: KAOUCEN KAOUCEN.

J'ai couru vers lui, mes larmes coulaient à flots je l'ai retourné pour le posé sur mes pieds. Il respirait encore...

Moi: Kaoucen, Kaoucen mon amour qui t'a fait ça.

Lui: Mr Chi *tousse* Chitou

Moi: *pleures* comment? Viens je vais t'enlever ces balles.

Lui: non tarhanine restes ici. C'est fini je vais partir.

Moi: *pleure* nooon non s'il te plait tiens bon. Attend je vais chercher de quoi les enlevé.

Kaoucen : je sais de quoi je te.. *tousse* parle. Je vais y aller.... Perds... Perds pas ton temps à essayer de me sauver... Tu ne peux pas

Moi: *pleures* siii je peux... Je vais te sauver...

Kaoucen : s'il te plait reste avec moi permet moi d'être avec toi jusqu'à la fin.

Moi: non c'est pas la fin.

Kaoucen : si c'est la fin. Tarhanine je t'aime. Tu vois jusqu'à mon dernier souffle je t'ai aimé.

Moi: ne dit pas ça

Kaoucen : accepte le. Prends soin de toi de mes enfants. Parle leur de moi.

Moi: non s'il te plait parle pas comme ça

Lui: il me reste pas beaucoup de temps embrasse moi. Je veux mourir en t'embrassant.

Moi: *pleure*

Lui: ne pleure pas mon amour. N'oublie pas je serai là. Je te l'ai promis même après la mort. Je t'aime... Embrasse moi.

Je me suis abaissé pour l'embrasser et pendant ce baiser mes larmes coulaient à flot. Ce baiser était salé par mes larmes et je savais qu'au fond de moi c'était le dernier. Le dernier que j'adressais à mon amour, mon mari, mon meilleur amie, mon univers. Je repensais au moment qu'on a passé ensemble, notre rencontre. Quand je l'appelais docteur pacotille. Il m'a appris le métier de chirurgien. Notre voyage à Miami, le premier baiser qu'il m'a donné et quand il m'a dit je t'aime juste après ça. Quand il m'a amené à Agadez et qu'on a vu le couché du soleil à Timia. Il a tout fait pour m'avoir, il savait ce qu'il risquait avec moi. Il m'a emmené faire le hadj. Il m'a emmené à Venise et maintenant il est entrain de partir sans moi. Au début ses lèvres bougeait puis quand elles ont arrêté de bouger j'ai compris qu'il était parti. Je l'ai lâché il a juste eu le temps de faire la "Shahada" qu'il s'est eteint. C'est à ce même moment que la pluie a commencé

Moi: *pleures* Kaoucen reste avec moi mon amour. Attend je vais chercher ce qu'il faut.

Je suis allé chercher le matériel et quand je suis revenu je l'ai ai retirer mais il bougeait pas.

Moi: s'il te plait réagit.

Je l'ai trainé à la salle je l'ai allongé sur la table d'opérations j'ai activité le défibrillateur et j'ai posé sur sa poitrine pas de réaction.

Moi: s'il te plait réagis me laisse pas.

J'ai encore chargé à 200 toujours pas de réaction,Il pleuvait des cordes dehors. Je me suis résigné et j'ai posé le défibrillateur et je l'ai regardé, son visage était illuminé et il avait le sourire au lèvres.

Moi: AAAAAAAAAAAAAAAAAAAAAH AAAAAAAAAAAAAAAAAAHHHH

Le cris que j'ai poussé ce jour la je crois que sur toute l'étendue du territoire nigérien on m'a entendu. Je l'avais perdu. Il est partie mon Kaoucen. Innalilahi wa Inna'ilayhiraj'oun (de Dieu nous venons à lui nous retournerons)

Chapitre 27

J'ai passé la nuit à ses côté à pleurer. J'arrivai pas à croire qu'il est partie, il m'a laissé dans ce monde et est parti dans l'autre. Je suis enceinte et veuve à à peine 21ans. Kaoucen pourquoi ? On aurai pu être très heureux avec nos enfants. Je me suis levé et je l'ai regardé couché sans vie sur cette table. Je me dis que c'est un cauchemar que je vais me réveillé et qu'il sera à mes côtes mais hélas c'est la triste réalité. J'ai mis ma main dans sa poche et j'ai pris son tel. Sur l'écran de verrouillage c'était lui et moi quand j'avais ma tête sur son épaule et on avait tout les deux souris. Mes larmes se remettent à couler... Je déverrouille le tel et sur l'écran d'accueil c'est ma photo quand je dormais sur mon tapis de prière à Miami. Je le sais qu'il m'aimait, son amour était sincère et pur. Il m'a fait découvrir l'amour le vrai.

J'ai composé le numéro de Arfaah.

Moi: Allô

Arfaah: aujourd'hui c'est toi qui appelle où est mon frère ?

Moi: il est mort. Tu connais sa maison de Boubon? On est laba.

Elle: Quoi? Il est quoi?

Moi: mort

j'ai raccroché direct et je me suis mise sur la table à côté de son cadavre je me suis couché.

Moi: la mort n'arrête pas l'amour n'est ce pas. Tarhanine n'aimera personne d'autres que toi.

Narrateur externe
Après ce que Kassay a dit à Arfaah elle a complètement perdu la tête. Elle n'arrivait à rien faire...

Hamza: qu'est-ce qui t'arrive

Arfaah: mon frère est mort

Hamza: quoi?

Arfaah : ta sœur vient de m'appeler

Hamza: je vais prévenir les autres calme toi.

Après que les autres aient été prévenu ils ont tous pris la route pour Boubon :   Arfaah, Hamza, Seyni, Mohamed, Aboubacar Zeynab et son mari ils sont tous partie. Au bout de 45mn ils sont arrivé. Ils ont chercher partout dans la maison afin de les retrouver. C'est après qu'ils aient chercher partout qu'ils sont parti dans le bloc. Ils ont trouver Kassay couché à côté du corps de Kaoucen. Cette scène fait juste mal au cœur de tout ceux qui la vois, Même ceux au cœur de pierre. Les yeux de Arfaah et Zeynab se sont embués de larmes. Zeynab est partie vers sa sœur pour essayé de le faire se lever.

Zeynab: Kassay tachi (lève toi)

Kassay : je suis bien ici. Au près de mon amour.

Arfaah : s'il te plaît Kassay

Kassay :....

Hamza: Koda viens voir ton grand frère tu lui as manqué.

Elle s'est finalement levé pour se réfugier dans les bras de son grand frère

Hamza : arrête de pleurer, on va tous partir un jour

Kassay: je voulais pas qu'il parte moi.

Hamza : c'est la volonté de Dieu.

Mohamed est allé voir le corps de son fils et il n'a pas pu s'empêcher de verser une larme

Mohamed : Kaoucen cet amour t'as finalement détruit. C'est pour ça que je ne voulais pas de cette union. Au lieu que ce soit toi qui m'enterre c'est moi qui vais le faire.

Seyni s'approcha de lui et lui tapota l'épaule.

Seyni: crois moi je suis sincèrement désolé de ce qui s'est passé.

Mohamed : qu'est-ce qui s'est passé Kassay.

Kassay: On devait partir aujourd'hui pour Miami. On est resté ici tout ce temps à fin de régulariser mes papiers. Et hier je suis partie à Niamey chercher quelques choses en rentrant je l'ai trouver dans une marre de sang. On lui avait tiré dessus..

Les pleurs d'Arfaah se sont accentué.

Kassay: j'ai essayé d'enlever les balle. Quand je l'ai fait il a pas réagit. Quand j'ai essayé de le réanimer avec le défibrillateur il a pas réagit.

Mohamed : on va aller l'enterrer

Kassay: vous l'enterrer ici près de moi.

Papa: tu es malade ? Toi tu rentre à la maison

Moi: je ne vais nulle part

Sa voix avait changé. À présent Seyni et Mohamed savait à qui ils avaient à faire.

Mohamed : SORTEZ TOUS. SORTEZ DE CETTE MAISON. COURREZ

Ils ont tous couru dehors ne laissant que Seyni et Mohamed. La maison avait commencé à se remplir d'eau l'eau commençait à monter. Les yeux de Kassay avaient complètement changé et avaient viré au vert.

Seyni: la sorcière est la.

Mohamed : on peut rien contre elle.

Kassay : vous l'enterrer ici et je reste ici jusqu'à ce que je le rejoigne.

Mohamed : acceptons ce qu'elle dit

Seyni: nooon..

La main de Kassay avait commencé à faire de l'électricité et ses cheveux s'était défait d'eux même. Ses jambes laisse place à la queue d'une sirène.

Kassay: vous attendez quoi pour dire ouiiii.

Quand ils ont vu qu'elle s'était transformé en la vrai sorcière. Elle a rempli la maison d'eau et ses mains était chargé d'électricité facilement elle pouvait les électrocuté. Derrière elle se trouve une armé de serpents et de caillements. Il n'avait pas intérêt à dire non sinon c'est tout autour aux alentours qu'il y'aurai un massacre et malgré leur pouvoir il ne pourront rien contre la sorcière. Sans oublier qu'à cause de la religion il n'ont pas chercher à exploité ce qu'ils avaient comme don.

Seyni: on accepte

Kassay : on a essayé de continuer notre histoire même après des siècles mais apparemment notre amour est vraiment maudit. Kaoucen n'est pas mon mari. Kaoucen c'est mon amant c'est quand je rencontrerai Djingarey que j'aurai une fin heureuse. Mais ne vous inquiétez pas je reviendrai.

Soudain elle disparu avec l'eau et tout. La pièce redevient normale et la Kassay normale s'évanouit. Seyni a pris sa fille dans ses mains et l'a emmené au salon et est revenu plus tard pour la toilette funèbre de Kaoucen. Ils ont appelé Hamza pour leur procurer le drap blanc et la natte.
Quand il est revenu il était accompagné des deux Aboubacar son ami et son beau frère. Ensemble il se sont occupé du corps de Kaoucen et finalement il

l'ont déposé devant eux afin de prier pour lui. Après ils l'ont enterré dans le jardin. Ils ont posé une pierre au niveau de sa tête....

Chapitre 28

Ça fait une semaine qu'il est partie et j'ai l'impression que ça fait une éternité que je n'ai pas vu son beau sourire. J'ai l'impression qu'il est la comme il me l'avait promis il n'est pas loin de moi. Je passe toute la journée dehors près de sa tombe il m'arrive même de dormir laba mais le matin je me réveille dans ma chambre.

Aujourd'hui encore je suis sur la table m'efforcant de manger pour mes enfants car je n'ai aucunement envie de manger. Puis j'entends sa voix dans ma tête.

Lui: mange tarhanine pour qu'on ait des enfants en parfaite santé.

Moi: je veux mourir je veux te rejoindre

Lui: nooon mon amour tu n'a pas le droit. Reste ici et prends soin d'eux s'il le faut remarie toi.

Moi: jamais.

Lui: mange tarhanine, mange.

J'ai alors avalé la nourriture avec toute la peine du monde. Après que j'ai fini de manger j'ai fait la vaisselle et une fois encore tout me rappelle Kaoucen.

#flashback

Moi: Kaoucen laisse moi faire la vaisselle.

Lui: nooon j'ai envie de toii

Il me faisait des bisous sur la nuque en attrapant mes banches.

Moi: laisse moi finir.

Lui: danse pour moi bébé

Moi: je sais pas danser

Lui: pourtant à Miami moi j'avais chaud quand tu dansait.

Moi: aaah Kaoucen.

#Fin du flashback
Et c'est presque toujours comme ça quand je fais la vaisselle il se met derrière moi et pose ses mains sur mes hanches en me faisant des bisous sur la nuque. Mes larmes coulent à nouveau à présent je suis seule il n'est pas la pour m'embêter. Soudain je senti quelques choses sur mes hanches, un souffle dans mon cou et un bisous se pose sur ma nuque. Il me souffle à l'oreille

Lui: je serai toujours là tarhanine je te l'ai dis.

Je ne le vois jamais mais je sais qu'il est là. Quoi que je fasse il est là. Après la vaisselle je suis monter à notre chambre et je me suis couché sur le lit. J'ai senti des mains enroulé ma taille et j'ai senti qu'on me serrait fort.

Lui: dort bien tarhanine.

#flashback

Moi: ramène moi chez moi. Libère moi

Kaoucen: jamais

Moi : ma mère a dit que si tu t'obstine tu vas mourir

Kaoucen: alors je mourait car toi je ne te quitterai jamais.

Moi : s'il te plait Kaoucen

Kaoucen : n'insiste pas Kassay. Tu seras avec moi jusqu'à la fin. Dès que tes papiers seront réglés on ira à Miami pour toujours.

J'ai tellement peur qu'il lui arrive malheur. J'ai tout essayé pour qu'il me ramène mais c'est comme si je parlais à un sourd.

Kaoucen : Tarhanine *en passant sa main sur mon visage* Toi et moi on sera ensemble jusqu'à la fin.

Moi: je veux pas qu'il t'arrive malheur

Kaoucen : tant que je serai avec toi je serai heureux

Moi : si mon père t'attrape et qu'il... Qu'il...

Kaoucen : je mourait heureux. Car j'aurai connu l'amour le vrai

Moi: je ne supporterai pas de vivre sans toi. Si tu pars je te suis

Kaoucen : jamais Kassay. Tu ne t'en prendras pas à ta vie.

Moi: comment je pourrai sans toi

Kaoucen : alors on va faire ça. Je viendrai me blottir chaque nuit dans tes bras.
Je ne te quitterai pas même mort

Moi: je ne veux pas l'imaginer.

#Fin du flashback

Et chaque nuit c'est ainsi. Il me serre dans ses bras et me souhaite bonne nuit.

Ce matin en me réveillant j'ai enfin décider de lire la lettre qu'il m'a écrite.
Y'avais deux autres lettres mais j'ai compris que c'était pour ses enfants. J'ai
ouvert le papier et sur la page j'ai vu mon portrait avec mon tatouage au bras
d'ailleurs depuis la mort de Kaoucen le sang a disparu. Je crois que c'était le
sien.

Quand j'ouvre la lettre je sens qu'il pose sa main sur ma cuisse comme pour
me donner du courage.

***"Je suis fier de toi car tu portes au fond de toi ma vie, mon espoir,
mes enfants, mon sang, mon combat. Je te promet de t'aimer
même après cette vie. Ces enfants qui naîtront nous ressembleront.
N'oublie pas, tu portes en toi mon sang mon combat, dis leur que
je les aime déjà, ces petits bou de moi qui sommeillent en toi.
Quand ils bougeront tout au fond de toi parle leur de moi. N'oublie
pas je serai toujours, j'ai prié pour vous ils sont orphelins je vous
aime tu vois. Essaye d'être heureuse après moi. Prends soin de toi
tarhanine, prends soin de nos enfants. Donne leur l'amour que je
ne pourrais pas leur donné. Depuis que je t'ai connu il n'y a eu que
toi dans ma tête. Ma Kassay à moi. La belle sonrhay qui m'a
rendu fou dès le premier regard. Pour toi je mourrai 1000 fois s'il
le faut. Je t'aime tarhanine"***

Je me sens tellement coupable je n'aurai pas du le laisser rester avec moi.
J'aurai du m'enfuir et il serait toujours en vie. Je n'aurai pas du partir à
Niamey ce jour là s'il m'avait trouver il ne l'auront pas tué. Tout ça est de ma

faute si ce maudit Chitou n'était pas obsédé par moi Kaoucen serait toujours en vie. On serait à Miami avec nos enfants.

Lui: ne dis pas ça. Sans toi je n'aurai pas survécu. Si tu t'étais enfuis loin de moi je t'aurai chercher et si je ne t'avais pas trouver j'en serai mort.

J'ai recommencé à pleurer comme tout les jours depuis qu'il est parti.

Lui: ne pleure pas. Quand tu pleure j'ai mal. Je veux que tu sois heureuse et je pourrai reposer en paix.

Moi: jamais je ne serai heureuse sans toi.

Lui: pourtant il le faut car je ne pourrais pas revenir. Pour l'autre monde il n'y a qu'un seul biellet et c'est l'allée pas de retour.

Ça m'a fendu le cœur ce qu'il a dit mais pourtant c'est la réalité pas de retour possible pour lui. J'ai alors pris une décision.

Lui: nooon n'y pense pas. Ne fais pas ça

Moi : c'est lui la cause de tout nos malheur il devra payer.

Chapitre 29

Après la quarantaine de la mort de Kaoucen j'ai fait par à mon père de mon souhait d'épouser Chitou. Il a d'abord été surpris puis il a refusé mais j'ai insisté et il a fini par accepté. Chaque nuit Kaoucen essais de me dissuader de ne pas le faire mais j'ai pas le choix. De toute façon je suis enceinte donc le mariage n'est pas valide. Je suis la seule à savoir que je suis enceinte.

Aujourd'hui encore je suis assise près de sa tombe et lui est assis à côté de moi

Lui: ne fais pas ça je t'en pri

Moi: je le ferai. Il n'y a rien que tu puisse dire pour m'en dissuader

Lui: le mariage ne sera même pas valide tu es enceinte

Moi: je sais il me touchera pas.

Lui: comment? C'est un homme Kassay s'il te veux il t'aura

Moi: lui ce n'est pas toi. Personne d'autres que toi ne couchera avec moi.

Lui: il est obsédé par toi donc....

Moi : méfie toi d'une femme en colère qui a soif de vengeance.

....: Alors comme ça tu vas déjà te remarier

Moi: bonjour Arfaah.

Arfaah : mon frère est mort y'a même pas longtemps et tu songes déjà à te remarier.

Moi : pas pour longtemps.

Arfaah : comment?

Moi: je vais venger mon Kaoucen

Arfaah : quoi?

Moi: c'est ce Chitou qui la tué.

Arfaah : qu'est ce que tu dis?

Moi: ton frère est la à côté de moi. Il te regarde il voudrait que tu l'entende te parler mais je suis la seule à l'entendre

Arfaah : tu es folle.

Moi: il dit de te dire que tu lui manque et prend soin de toi ainsi que son neveu qui est dans ton ventre.

Elle: comment tu sais je ne l'ai même pas dit à ton frère

Moi: c'est pas moi c'est lui. Il dit que tu devras l'appeler Ahmed

Elle: c'est ce que je comptais faire.

Ahmed c'est le nom de Kaoucen. Il s'appelle Kaoucen Ahmed Insar.

Moi: j'attends des jumeaux moi aussi.

Arfaah : de Kaoucen ?

Moi: je n'ai couché qu'avec lui.

Arfaah: faits attention à toi. Tu n'as pas peur?

Moi: non y'a pas de quoi avoir peur.

Lui: s'il te plaît

Moi: non

Lui: fait pas ça

Moi : je le ferai.

Aujourd'hui ça fait 3mois et 40 jours qu'il est partie je suis à 6atre mois de grosses. J'essaye de cacher en portant des vêtements amples, pour qu'on annule pas le mariage. Demain c'est le mariage

Lui: ne fais pas ça

Moi: laisse tombé

Lui: je t'en pris.

Moi: s'il ne t'avais pas tué on serait heureux actuellement

Lui: on ne pouvait pas être ensemble. Même après des siècles les choses n'ont pas changer. Kassay ton bonheur c'est Djingarey

Moi: n'en parle pas.

Lui: Kassay...

Moi: laisse tombé.

***

Voilà c'est aujourd'hui le mariage. Je regarde les gens s'affairer aux travaux. Je me dis bientôt vous aller l'enterrer. Sa famille m'a envoyé toute sortes de cadeaux et quand le mariage a été scellé il m'a appelé. Seulement j'ai pas répondu. Cherifa et Halima étaient là.

Chérifa: pourquoi j'ai l'impression que tu nous cache quelques choses

Moi: je vous cache rien. Kaoucen est mort je dois avancé.

Halima: tu l'aimais trop pour te marier juste après la période qui t'es prescrite.

Moi : c'est la vie je ne vais pas me morfondre.

La nuit ses amis sont venu me chercher pour m'emmener, une bande de vieillard. Je n'ai même pas pleurer noon, je suis partie comme ça.

J'étais assise sur le lit je devais l'attendre qu'il rentre. Il m'a donné une maison à plateau une grande maison, alors que celle de ses 3 autres femmes est dans un quartier éloigné où il n'y a ni électricité, ni eau quel bâtard. J'étais dans mes pensées lorsqu'il entre

Chitou : ma bien aimée épouse

Kaoucen : imbécile.

Il ne m'a toujours pas quitté il est là.

Moi: bienvenue monsieur mon mari

Kaoucen : c'est pas ton mari.

Il s'est approché et s'est posé sur le lit en face de moi. Il a soulevé le voile qui recouvrait mon visage et m'a dévisagé du regard avant de se lécher les lèvres. Quel pervers.
Alors la j'ai rien compris Kaoucen est monté dans un niveau d'énervement. Il y'avait des courant d'air fort comme si on était dans le désert et les meubles ainsi que tout objet dans la chambre ont commencé en trembler. C'est comme si y'avait un tremblement de terre accompagné d'une tempête.

Chitou: qu'est ce qui se passe

Moi : je sais pas.

Kaoucen : il te touchera pas. Même mort je le laisserai pas te toucher.

Chitou : viens on va dans une autre chambre

Kaoucen : enfoiré.

Moi : qu'est-ce qu'elle a celle la ?

Chitou : tu ne vois pas?

Moi: je ne vois rien. Ça doit être ton imagination qui te joue des tour. Repose toi tu dois etre fatigué. je vais aller te chercher de quoi te rafraîchir.

Je suis descendu à la cuisine lui prendre un verre de jus de fruits.

Kaoucen : tu vas le servir ?

Moi: arrête.

J'ai sorti une boîte que j'avais attaché à mon pagne. En voyant la boîte il l'as reconnu.

Kaoucen : mets en beaucoup

Moi: j'en mettrais assez.

Après avoir dosé sa boisson. Je suis monté à la chambre lui donner

Moi: voilà pour toi. *en lui tendant la boisson*

Lui: pas besoin viens vers moi.

Il avait écarté ma main qui tenait la boisson et a pris l'autre dans sa main

Moi: allez fait moi plaisir et bois ça. Je suis descendu te chercher ça. Tu vas me frustré.

Chitou : mmm

Moi: *avec mon sourire le plus faux* prend mijina (mon mari)

Kaoucen : ce n'est pas ton mari.

L'autre a pris et l'a bu d'un trait.

Lui: maintenant tu viens?

Moi: attends que je me déshabille.

Je suis rentré dans la salle de bain le temps que le produit fasse effet.

Kaoucen : il allait te prendre.

Moi: jamais

Lui: il réussira un jour

Moi: plutôt mourir.

Chapitre 30
Ce matin quand il s'est réveillé je faisais semblant de dormir. J'ai senti son regard un instant sur moi puis il est parti.

Kaoucen : c'est bon il est parti.

Moi: le somnifère a été efficace.

Lui: tu vas continuer à l'endormir pendant combien de temps?

Moi: je sais pas.

Lui: et nos enfants ?

Moi: ils se portent bien. Touche mon ventre

J'ai senti une main froide sur mon ventre et à ce moment mes enfants ont bougé pour la première fois.

Moi: ils ont bougé.

Lui: j'aurai voulu être la pour leur naissance. J'aurai voulu leur apprendre ce que je sais. J'aurai voulu les voir grandir.

Moi: moi aussi j'aurai voulu que tu sois là.

Lui: crois pas que ce soit Chitou, c'est la volonté de Dieu

Moi: ouii.

Lui: nos enfants auront la meilleurs mère.

Moi: j'espère être à la hauteur

Lui: tu le seras tarhanine.

Vers 19H monsieur mon mari est rentré.

Chitou : Salam aleykoum

Moi: Aleykouma salam

Lui: comment était ta journée?

Moi: bien

Lui: j'aurai dû être la mais malheureusement j'avais beaucoup de choses à faire

Moi : ouaais c'est ça.

Lui: m'en veut pas ma chéri. C'est pas facile tu sais

Moi : ça ne regarde que toi en fait. Comment tu peux laisser ta femme le lendemain du mariage et partir?

Kaoucen : quelle actrice.

Chitou : je suis désolé mon amour

Moi: m'appelle pas mon amour

Chitou : regarde je t'ai emmené un cadeau pour me faire pardonné.

Moi: j'en veux pas de ton cadeau

Kaoucen : tu m'epatte dis donc.

Chitou : tu veux quoi?

Moi: mon défunt mari me préparait quelques chose quand j'étais fatigué.

Chitou : ne parle pas de ce vaut rien

Moi: aah par contre il est tout sauf un vaut rien. Tu vois lui c'est un homme un vrai. Il a pas besoin des autres pour faire ce qu'il a faire.

Chitou : et moi ne suis je pas un homme ?

Kaoucen : naaan t'en es pas un!

Moi: c'est toi qui sait hein.... Alors tu le fera?

Lui: tu veux quoi ?

Moi : une soupe à base de silures.

Lui: où est ce que je vais trouver du silure.

Moi: il y'en a à gogo dans le Fleuve Niger et si tu ne sais pas pêcher, tu le trouvera au marché, déjà que t'as pas fait les courses t'as qu'a à aller au marché

Lui: maaiis...

Moi: j'ai rien mangé depuis ce matin je t'attends en haut...

Quelques instant plus tard il monte avec un plateau.

Moi: c'est bon ?

Lui: ouii..

J'ai pris une cuillerée et j'ai fait une mine dégoûté.

Moi: Y'a trop de poivre, trop de sel. Tu veux me tuer ?

Lui: excuse moi.

Il a pris une cuillerée

Lui: mais c'est normale...

Moi: donc je mens. Tu sais quoi garde ta bouffe.

Kaoucen : ça c'est ma kassay

Chitou : excuses je vais préparer autres choses.

Moi : pas la peine. J'en veux plus.

Chitou : s'il te plaît

Moi: j'ai dis je veux pas tu vas me forcer?

Chitou :....

Kaoucen : comment il est en chien sur toi

Moi: puis d'ailleurs maintenant je dors dans la chambre d'à côté. Restes dans celle ci.

Lui : noon fait pas ça.

Moi: tu peux bien te passer de moi pour m'avoir laisser seule le lendemain du mariage.

J'ai pris mes affaires je suis allé dans l'autre chambre je me suis enfermé.

Kaoucen : aah ouuais t'es pas bête.

Moi: jamais bébé.

Après deux semaines les choses n'avait pas changer. Je l'evitais au maximum. Il m'envoyait toutes sortes de cadeaux mais wesh ce n'est pas à moi qu'il va montrer l'argent. Je n'en ai rien à foutre.

Aujourd'hui c'est le jour de sa fin. Il va regretter d'être née. J'ai tout préparer j'ai posé sur la table. Je me suis maquillé et j'ai porté une belle robe. J'ai tout installé et je l'ai attendu.

Ce soir encore il est rentré avec un autre de ses cadeau. Mais j'y ai pas prêter attention.

Moi: bienvenue mon mari *avec un sourire hypocrite*

Il était sous le choc. Il arrivait plus à bouger je crois qu'il s'y attendait pas. Je me suis levé j'ai pris ses affaires que j'ai déposé dans la chambre quand je suis revenue il était toujours sur place.

Moi: mais t'as pas bouger ? Viens

Je l'ai tiré et je l'ai fait s'asseoir sur la table. J'ai retourné l'assiette et j'ai commencé à le servir.

Kaoucen : ne fais pas ça. Je t'en suppli.

Chitou : pourquoi ce changement ?

Moi : ça te dérange ?

Lui : bien-sûr que non.

Il a posé sa main sur ma hanche et son regard s'est dirigé vers mon ventre.

Lui: ton ventre....

Moi : par contre ça c'est frustrant. J'ai pris du poids et je veux pas que tu le remarque.

Lui: c'est pas grave t'as pris des fesses et de la poitrine.

Il a voulu touché ma poitrine, j'ai frappé sa main. Et tout à commencé à trembler. Il est en colère je le sais.

Moi: mange mon chéri

Chitou : pourquoi tout bouge

Moi: je sais pas.

Kaoucen : ne fais pas ça Kassay.

J'ai fini de le servir la nourriture, je lui ai servi de l'eau.

Chitou : merciii

Moi: *sourire hypocrite*

Je suis allé me posé en face de lui. La première cuillère qu'il a prise un vent à soufflé tellement fort qu'elle est tombé.

Chitou : merde... Je crois que y'a un problème

Moi: quel problème ?

Chitou : c'est comme si on voulait pas que je mange ta nourriture

Moi: ne mange pas si tu veux.

Je me suis levé faussement offensé et je suis partie m'asseoir sur le salon. Il est venu me trouver.

Chitou : je crois que j'ai été maladroit dans mes paroles viens on va manger

Moi: vas faire ce que tu as à faire. Si tu ne veux pas manger ce que je te prépare c'est ton problème. Viens plus me parler.

Chitou : excuse moi ma chéri. Allez viens s'il te plaît.

Je me suis levé avec une mine séré, je l'ai suivi. Je me suis posé en face de lui.

Moi : mange

Chitou : oui tout de suite.

Il a pris une cuillerée et cette fois elle est partie.

Kaoucen : je t'en pris arrête

Moi: certainement pas.

Chitou : tu parlais?

Moi: noon

Lui: mmm.

Il a continuer à manger. Il a tout manger cet affamé.

Moi: bois de l'eau * en lui tendant le verre*

Lui: merciii ma chéri

J'étais assise en face de lui. Quand il a fini de manger il a essayé de toucher ma main mais je l'ai dégagé.

Chitou : tu m'en veux encore

Moi: je sais pas.

Il a commencé à s'excuser et a dire des nanani nanana.

Chitou : regarde aujourd'hui de t'ai amené.... Aaah...

Il a commencé à avoir mal.

Moi : un problème ?

Lui: je... J'ai mal...

Moi: où ça ?

Lui: partout...

La parole s'est stoppé.

Moi: tu n'arrive plus à parler?

Il a cligné des yeux.

Moi: c'est bien. Tu sais qu'on allait partir loin Kaoucen et moi quand tu l'as tué ?

Il a ouvert ses yeux grandement.

Moi: tu savais pas que je le savais?... Il est mort dans mes bras et je n'ai rien pu faire. Mes mains de chirurgien n'ont rien pu arrangé. *en lui montrant mes mains*

Chitou :.....

Moi: mais tu vois si je n'ai pas pu le sauver toi je vais en finir avec toi.

Chitou :.....

Moi: je t'ai versé quelques choses dans ta nourriture. Tu commencera par avoir mal. Puis tu ne pourra plus parler... Tes nerfs seront affectés. Je ne vais pas te faire mon sharabia de médecin tu n'y comprend rien.

Chitou :.....

Moi: tout ce que je sais c'est que la t'es fini. On ne peut plus rien pour toi. Ton cerveau sera endommagé petit à petit. Ton sang est en ébullition et tes organes commence à se dégradé petit à petit. Tout se fera lentement mais ça fera tellement mal

Chitou : .....

Moi: tu aura une mort lente et douloureuse. Je vais fermé les portes de la maison qu'on nous dérange pas.

Je suis allé fermé la porte revenir

Moi: tu en as encore pour 20H d'agonie, mais je vais allégé ta peine... Je te présente mon animal de compagnie.

J'ai sorti un serpent qui s'est dirigé vers lui.

Moi: son venin ne tue pas directement mais ça va réduire les 20H. Ne me remercie pas ne t'inquiète pas c'est gratuit. Mais tu vois le seul problème c'est que ça fait encore plus mal. Mais dans tout les cas ça réduira les 20H à 19H. 1H c'est pas rien...

Chitou :.....

Moi : tu sais je l'aimais beaucoup, Mais tu me l'as pris. Tu m'oblige à tué alors que j'ai toujours voulu soigné, j'ai rompu mon serment que j'ai prêté après avoir eu mon doctorat.

Kaoucen : tu n'étais pas obligé

Moi: si, il ne t'aurai pas tué on serait toujours ensemble avec nos bébé

Chitou m'as regardé bizarrement

Moi : quoi? Je suis enceinte. Notre mariage n'est même pas valide

Chapitre 31
Moi: je suis enceinte notre mariage n'est même pas valide.

Tout mes animaux de compagnie ce sont placé derrière moi. Il était encore plus effrayé

Moi: ne t'inquiète pas il te feront rien. Tu ne peux pas mourir aussi facilement.... Plus le temps passe plus ça fait mal n'est-ce pas.

Kaoucen : je ne voulais pas que t'en arrive là.

Moi: je n'avais pas le choix

J'ai senti une main froide se posé sur la mienne. Une larme a coulé sur ma joue.

Kaoucen : tu avais le choix. Tu as laissé la haine prendre le dessus. C'est la sorcière qui est en toi qui a fait ça.

Moi : je voulais juste être avec mon Kaoucen

Kaoucen : mais c'est impossible. C'est notre destin peut importe le temps.

Je suis resté la à le regarder crevé sous mes yeux. Jusqu'à ce qu'il ne reste plus grand chose.

Moi: c'est bientôt la fin.

Il tremblait de partout. Dans son corps tout a été endommagé. Son cerveau, ses organes, ses nerfs tout il est irrécupérable et la douleur qu'il endure est inimaginable

Moi: tu vas partir pour l'au delà.

Kraac un os s'était brisé.

Moi: j'ai oublié de te dire que tes os seront brisé un à un à la fin. Je suis désolé que tes enfants deviennent orphelins mais les miens le sont aussi et avant même leur naissance.

*Narrateur externe

Elle avait mal de tuer un être humain, mal de rompre son serment mais elle voulait venger son amour. Elle voulait juste qu'ils aient une vie heureuse mais malheureusement ce n'étais pas possible. Depuis la mort de Kaoucen la pluie tombe tout les jours et l'eau du fleuve est revenu. Tout est redevenu normale.

Il reste moins de dix minutes à Chitou et c'est à ce moment que la vrai Kassay a fait son entré. La pièce a commencé à se remplir d'eau et les animaux derrière elle se sont dressé. Elle a complètement changé, le foulard qu'elle portais est tombé et ses cheveux attaché se sont défait. Son énorme touffe s'était formé et la couleur de ses yeux avait viré au vert. Sa queue de sirène avait pris la place de ses pieds. Son regard avait changé, complètement changé.

Kaoucen : c'est toi que j'ai vu sur son bras

À l'exception de l'autre, celle la peut le voir vêtu tout en blanc avec toute la lumière qu'il dégage

Kaoucen : tu sais bien que tu ne sera heureuse qu'avec Djingarey

Kassay : ouiii mais il est pas là. Il n'y a que toi à cette époque

Kaoucen : il est venu après dans ta vie. Après Kaoucen quand on vous a séparer à cause du malheur qui allait frappé. La famine, la sécheresse, la pauvreté, la maladie...

Kassay : n'en parle pas. Je suis revenu pour en finir avec lui... Il ne reste plus que 2minutes.

Quand son regard s'est tourné vers Chitou et qu'il l'a vue la peur la envahit. Il était certes à deux pas de la mort mais de voir cette sorcière, il s'est demandé pourquoi il a perdu la tête avec Kassay.

Ses mains se sont chargé d'électricité et elle s'est approché dangereusement de lui.

Kassay : il te reste 30 seconde. Mais ne pense pas que tu vas partir comme ça. Il reste ma contribution.

Elle a placé sa main électrique sur son cou et l'a électrocuté. Lui qui pouvait pas parler s'est vu dans l'obligation de crier tellement la douleur était vive.

Kassay: ça c'est pour m'avoir empêcher de revivre mon histoire avec Kaoucen.

Toutes la maison était dans un mauvais état. Personne d'autres n'aura une autre mort aussi douloureuse que lui il était pratiquement carbonisé et ses os se sont presque tous brisé avant qu'elle ne l'électrocute

*Dans la peau de Kassay.
Je venais de me réveiller dans notre encienne maison celle de Boubon. Dans notre chambre. Je crois que c'est fini

Lui: qu'est-ce que tu ressent ?

Moi : rien

Lui: ça ne t'a rien apporté de le tué.

Moi: ouiii rien.

Lui: tu aurai dû le laisser. Il méritait pas que tu le décharge de ses péchés

Moi:....

Lui: tu sais que tu ramasse tout les péchés de quelqu'un quand tu le tue

Moi: j'y avais pas pensé.

Lui: il le fallait.

Moi: je vais allé à Niamey chercher de nouveau vêtements.

Dans la voiture il était à côté de moi. J'ai allumé la radio et comme par magie la chanson de dalaweyzeh passait

Radio: Koda danguay danguay, Koda Seyni Dangay, Dangay endougna kal dey sourou..... Ohooo Koda dangay Dangay (Koda arrête de pleurer, Koda Seyni Arrête de pleurer la benjamine de Seyni. Dans la vie il faut être patient)

Cette chanson passait dans le film de Djingarey Maiga: Koda et Kola.

Il a éteint la radio et j'ai senti ses doigts effacé mes larmes qui avait coulé.

Moi: ma mère me chantait ça quand j'étais gamine et que je pleurais.

Lui: va la voir.

***
3mois plus tard
Dans la peau d'Arfaah

Après la mort de Chitou on a déduit qu'il y'a eu un cours circuit un truc comme ça, déjà qu'on a trouvé la maison complètement brûlé et Kassay était sortie le temps du massacre.

Elle est en salle d'accouchement depuis un moment et elle a un accouchement difficile à ce que j'ai compris. Après des heures et des heures d'attente on vient nous dire qu'elle a accouché. Son frère et moi nous précipitons dans sa chambre. On la trouve complètement essoufflé au bout de sa vie. On lui a posé ses bébé sur la poitrine. Elle n'en pouvais plus, je le vois mais elle souris à la vue de ses bébé.

*Dans la peau de Kassay

Lui: enfin mes enfants sont nés

Moi : ouiii

Lui : ma petite fille.

Moi : mon petit garçon.

Lui: ma Kassay

Moi: mon Kaoucen

Lui: je vous aime tu vois le bonheur pour moi c'est ça.

Il me faisait des bisous ainsi qu'a ses enfants. Enfin je l'ai revu après sa mort. Il est tout beau vêtu de blanc. Il dégage tellement de lumière, il est tellement beau

*Dans la peau de Arfaah
Elle était entrain de sourire et Hamza avait les larmes aux yeux. Moi je pleurais déjà

Kassay : Hamza, Arfaah je vous confie mes enfants

Hamza : qu'est-ce que tu dis

Elle: *sourire* je vais partir. Il m'attend.

Hamza : arrête de parler comme ça

Kassay : je vais partir grand frère apprends à mes enfants à parler Sonrhay. Arfaah apprend leur tamashek

Moi: ne t'inquiète pas

Kassay : j'arrive mon amour.

C'est comme ça qu'elle s'est éteint le sourire aux lèvres.

Hamza : Kassay et Kaoucen

Moi: Kassay et Kaoucen

18ans plus tard
Moi: Kassay réveille toi.

Je l'ai trouvé entrain de dormir le pouce à la bouche. Avec son énorme touffe de cheveux. J'ai repensé à ce jour où j'ai regardé la galerie de son père.

#Flashback
Arfaah : j'avoue... Mais tu lui prend tout le temps des photos sans qu'elle te vois

Kaoucen: aaah je ne peux résister elle est trop belle

Moi: mmmm... Ici elle rit aux éclats, elle a le même que toi

Kaoucen : c'est juste les fossette

Moi: pas seulement.... Et la elle dort dans le dortoir de l'hôpital.... Ici elle mange.... La elle parle avec ses amies... Mais t'a pas de vie toi

Kaoucen: c'est ça ouiii

Moi: oooh la c'est autres chose. Elle dort avec un pied sur le lit. Le reste du corps en bas et le pouce dans la bouche

Kaoucen: elle dort toujours avec le pouce dans la douche

#fin du flashback.

Moi: réveille toi.

Elle: aygoka aygna

Kassay c'est la représentation parfaite d'une Sonrhay elle sait même pas parler tamashek. Elle parle Sonrhay avec l'accent et tout. Elle ressemble tellement à sa mère, ses cheveux sont crépus exactement comme sa mère exactement le même volume la même longueur, il ne sont même pas un peu souple comme pour les touareg non le seule truc c'est qu'elle a la peau claire sa mère aussi mais la sienne est plus claire. Contrairement à son jumeaux qui est le parfait touareg il ne parle pas sonrhay mais tamashek et il a les cheveux souple et lui ressemble à son père. En ce qui concerne Kassay auelques choses m'inquiète elle a quelques chose qui ressemble à la tache de sa mère au bras.

*Dans la peau de Kassay.

Je me suis résigné à me réveillé sinon mon père va me verser de l'eau froide au visage. Ce n'est pas mon père biologique mais c'est le frère de ma défunte mère, et sa femme la soeur de mon défunt père. Et ils nous ont élevé mon frère et moi donc c'est nos parents

Moi: bonjour la compagnie.

Ahmed(mon cousin): tais toi et viens manger.

Moi: pfffff

Je suis allé faire pleins de bisous à Ahmed

Moi: c'est qui le plus beau des frères

Kaoucen : c'est moi.

Moi: mdrrrr Ahmed tu l'entend ?

Ahmed: laisse le c'est un jaloux.

Kaoucen : je suis ton jumeaux Kassay.

Moi: oooh mon jumeaux le plus beau. Tkt toi t'es le jumeaux le plus beau.

Ahmed : un jumeaux c'est un frère. Si t'es son jumeaux le plus beau et que je suis le frère le plus beau je suis alors plus beau que toi

Moi: j'ai pas dis ça bref laisser moi tranquille.

Kaoucen: on t'as attrapé ?

Je suis allé faire un bisous à mes parents avant de m'installer et manger.

J'ai quitté la maison très tôt aujourd'hui je dois chercher du travail dans une entreprise pas loin de l'Université comme ça je pourrai travailler et aller à l'Université en même temps. J'arrive à la réception on m'indique le bureau du boss. C'est lui qui va me faire passer l'entretien.

Je tappe et on m'invite à entrer.

Moi: bonjour

Lui: salam aleykoum. *en relevant la tête de son dossier*

Son regard m'a transpercé c'était si intense et le Salam Aleykoum, ça fout la honte. Tu dis bonjour on te dis Salam aleykoum. Tu te sens bête d'un coup et c'est une façon de te corrigé sans trop parler.

Moi: aleykoum salam

Lui: prenez place

Je ne vais pas vous dire qu'il a une voix grave de ouf noon je vous dirai la vérité, il a une voix calme, certe virile mais il parle posément. Quand je l'ai regardé j'ai fait face à une beauté sans pareil.

Lui: alors Mlle Kassay Insar... Drôle de nom

Moi: un problème ?

Lui: vous avez un nom purement Sonrhay et un nom de famille purement touareg

Moi: ma mère est Sonrhay je porte son nom et mon père est touareg.

Lui: c'est très rare comme mélange. D'ailleurs vous êtes la première que je vois avec un tel mélange.

Moi: ouiii

Lui : je suis Djingarey Maiga votre futur patron si j'accepte de vous emboché

__Fin__